春は馬車に乗って

春天乘着马车来

［日］**横光利一** 著

吴垠 译

中国出版集团　现代出版社

目录

苍
蝇

一

　　盛夏的驿站空荡荡的。在昏暗的马厩里，只有一只大头苍蝇一头撞在了马厩角落的蜘蛛网上，它用后腿拼命蹬着蜘蛛网，蜘蛛网被蹬得摇摇晃晃。终于，它挣扎着像颗豆子一样掉了下去，接着，从插在马粪堆里的麦秸秆爬到了马背上。

二

　　马的槽牙上还挂着根枯草，四处打量搜寻着佝偻背的老马夫的身影。

老马夫正在驿站旁边的包子铺前下将棋[①]，这时已连输三局。

"怎么又输了？！少废话，再来一盘。"

不知不觉，阳光渐渐离开了屋檐，从他的腰间跑到那圆包袱般的驼背上。

三

一个农妇匆匆跑进驿站空荡荡的院子里。今天早些时候，她收到了在镇上工作的儿子病危的电报，就急急忙忙踏着朝露，连走了三里[②]湿滑的山路赶到驿站。

她向马夫的房里张望了一下，喊道：

"还有车吗——"

无人应答。

"还有车吗——"

一只茶杯打翻在歪歪扭扭的榻榻米上，酒色般的粗茶静静地流淌出来。农妇惶惶不安地在院子里徘徊，然后，跑到包子

---

① 将棋，又称"日本象棋"，一种流行于日本的棋盘游戏。

② 里，即日里，古时的 1 里等于 6 町。引入米作为长度单位之后，1891 年也就是明治二十四年，11 日里大约等于 43.2 公里，也就是说 1 日里大约等于 3.927 公里。——译者注

铺旁，再次喊道："还有车吗？"

"刚才走了一班。"

答话的是驿站老板娘。

"走了？马车已经走了吗？！什么时候走的？我要是再早点儿来就好了，已经没车了吗？！"

心急如焚的农妇早已哭成了泪人。她顾不上擦眼泪，就匆忙冲向道路中央，紧赶慢赶地向镇子的方向走去。

"还有一班呢。"

驼背马夫眼皮儿都不抬，边看棋盘边对农妇说了一句。

农妇停下脚步，急忙拐回来，吊着淡淡的眉毛问：

"走吗？现在就走？我儿子快病死了，能赶上见他最后一面吗？"

"上桂马①喽！"

"太好了！到镇上要多久啊？什么时候出发？"

"那也得按二班车的时间来呀。"老马夫啪地走了一步。

"能现在就走吗？到镇上得花三个小时吧，这可是三个小时呀！我儿子马上要死了，能赶上见他最后一面吗？"

_____

① 桂马，日本将棋棋子之一，走法类似于"7"字，但不能回头走，达敌阵（对手方阵的最后两行）后可以升级为成桂，就可以回头走了。——译者注

四

　　原野尽头的烈日下，传来敲打莲蓬的声响。一个年轻人和一个姑娘正急匆匆地赶向驿站。姑娘朝着年轻人肩上的行李伸出手来，道：

　　"我来吧。"

　　"不用。"

　　"可是……很重吧？"

　　年轻人默不作声，装出一副轻松的样子，然而满头的咸涩汗水却出卖了他。

　　"马车怕是已经走了吧。"姑娘喃喃自语道。

　　年轻人从行李下眯起眼睛眺望着太阳。

　　"正赶上日头，也许还没走。"

　　话一说完，两个人再次陷入了沉默之中。这时，又传来了一阵牛叫声。

　　"要是露馅儿了，可怎么办呀？！"姑娘的话音之中仿佛带着哭腔。

　　打莲蓬的声音就像轻微的脚步声一样越追越近。姑娘朝后张望了下，又一次伸出手去接他肩上的行李。

"我来吧，肩膀已经没事了。"

年轻人依然闷声不语，继续快步赶路。突然，悄声说道：

"要是露馅儿了，也只好继续逃。"

五

一个咬着手指的小男孩和他的母亲牵着手走进了驿站的院子。

"妈妈，看哪！有马马！"

"啊，马马呀！"

小男孩甩开母亲的手，冲向马厩。他站在离马厩三四米远的院子当中看着马，边跺脚边大声喊道："喂！喂！"

马抬头竖耳，小男孩也学着马的样子抬起头来，但耳朵却一动不动，只能任性地在马的面前皱起小脸，再一次跺着地喊道："喂！喂！"

马将嘴凑向马槽，又埋头吃草去了。

"妈妈，马马呀！"

"啊，马马呀！"

六

"哎，等等，我忘记给孩子买木屐了。那孩子喜欢吃西瓜，我也喜欢，买西瓜真是两全其美。"

一位乡绅走到驿站。他已经四十三岁了，这场脱贫攻坚战持续了整整四十三年，昨晚他终于靠倒卖春蚕捞到了八百日元。现在，他心中早已规划好了未来的蓝图。至于昨天晚上，自己跑去澡堂时把八百大元塞进皮包揣进浴室而被人嘲笑的记忆，早就被他抛到九霄云外去了。农妇从院子的板凳上站了起来，朝着乡绅走去。

"您知道马车什么时候出发吗？我儿子快要死了，再不快点儿赶到镇上，怕是见不了他最后一面了。"

"那可真是太糟糕了。"

"就快出发了吧？马夫刚才也说了，马上就走了。"

"那他现在在干吗？"

年轻人和姑娘也走进了院子，农妇又跑到他俩身边。

"你们也是来坐马车的吧？马车怎么还不走啊？"

"不走吗？"年轻人反问道。

"还不走？"姑娘也问农妇。

"我已经等了两个小时了！还不走！到镇上要三个小时，要什么时候才能到啊！到镇上大概都要正午了吧！"

"那就正午呗。"乡绅在一旁插嘴道。

农妇立刻就冲着他喊道：

"正午可不行！那时就死了，绝对不能到正午！"

说着，农妇又哭出声来，她转身跑向包子铺。

"还不走吗？！马车怎么还不走呢？！"

头枕棋盘仰卧着的驼背马夫朝正在洗算子的包子铺老板娘问道：

"包子还没蒸好吗？"

七

马车什么时候才能走？！聚集在驿站的人们身上的汗都要被蒸干了。但，马车究竟要几时才走呢？谁也不知道。如果说有人知道，那个"人"就一定是炉灶上渐渐鼓起来的包子。为什么这么说呢？对于这个有着洁癖的老马夫来说，能吃上谁都没碰过的、新鲜出笼的、热气腾腾的包子，是他长年单身生活的日子里最大的安慰。

八

驿站的挂钟指向了十点，钟声响起的那一刻，蒸笼冒出的蒸汽也发出叫声。

"咔嚓、咔嚓、咔嚓——"是驼背马夫切马草的声音，马在旁边喝饱了水。"咔嚓、咔嚓、咔嚓——"

九

车刚套上了马，农妇就第一个钻了进去，她直直地望着镇子的方向。

"上车喽！"驼背马夫说道。

五名乘客小心地看着脚下倾斜的踏板，依次上车坐到农妇旁。

驼背马夫把软绵绵的包子揣进怀里，弓腰坐到驾车位上，鸣响喇叭，扬起马鞭，出发了。

马腰间的疙瘩处散发出了诡异的味道。那大头苍蝇又飞了起来。它落在车顶，让自己从蜘蛛网那儿捡回一条小命的身体小憩片刻，同马车一起摇啊摇。

马车在烈日下前进，穿过成排的树木，又通过一片绵延的小豆田，再晃晃悠悠地从亚麻田和桑林之间驶过，到了森林之中。一整片的绿色森林，就映在马匹额前流淌着的汗珠上，随着马车一起摇曳。

十

车厢中，乡绅巧舌如簧，早就和其他人相见恨晚，仿佛像是久违的故交一样。只有那小男孩抓着马车的柱子，注视着生机勃勃的田野风光。

"妈妈，看哪，梨梨！"

"啊，梨梨呀！"

马夫停止挥鞭。农妇盯着乡绅的怀表，问道：

"现在已经几点了？过十二点了吗？要午后才能到镇上了！"

马夫停止按喇叭。怀中的包子早已进了肚，他弓着背打起了瞌睡。睡得正香时，车顶的大头苍蝇默默地眺望大片的梨树林，仰望盛夏烈日照耀下的赤红断崖，又俯视着突然出现的激流。乘客当中，唯一察觉到马夫在找周公下棋的只有这只苍蝇。它从车顶飞到马夫低垂的花白脑袋上，又落在马背，舔舐着马的汗水。

　　马车逼近悬崖。马按照眼罩之中出现的道路缓缓转向，但它并未考虑到，山路的宽度并不足以容纳自己的躯体加上马车的长度。马车的一个车轮悬了空，马被身后的车身猛然拽了下去。那一瞬间，苍蝇又飞了起来。和车体一起坠落万丈悬崖的马，它那突起的腹部越来越小。人与马一起发出了绝望的悲鸣。河滩上，都是摔碎了的人、马、车的残骸，就那样静静地待着。然而，那大头苍蝇经过了充分的休养，翅膀又蓄满了力量，它独自在悠悠的青空之中振翅飞翔。

春天乘着马车来

秋风拂过海滨之松，松树轻鸣宛如吟唱。在院子一角，一小簇大丽菊无力地耷拉着脑袋。

他在妻子的卧榻旁静静地看着乌龟在泉中嬉水。龟儿游水，水面交相辉映着点点斑驳，拍打着一旁的卵石。

"看哪，亲爱的，那松针真的好美。"妻子说道。

"你在看那棵松啊。"

"嗯。"

"我在看小乌龟嬉水。"

突然间二人就这样相视无言。

"酣睡这么久，你的感想就只有松针好美？"

"嗯嗯，因为我的脑中就是一片空白嘛。"

"人怎么可能就这样脑中一片空白地睡过去呢？"

"想是有想啦！我就是想快点去井边梳洗一番嘛。"

"就想着梳洗？"

妻子这出人意料的回答，让他不由得笑了起来。

"你真是个怪人！我辛辛苦苦这么长时间，你就只想要梳洗而已，真是奇怪。"

"但是，我就是羡慕过去拥有健康的自己。你还真是不走运啊！"

"是啊——"他不由得叹道。

他回想起婚前四五年与妻子娘家之间的矛盾，又忆起了终于得偿所愿与妻子结婚之后，被婆媳关系搞得焦头烂额的那两年。老母亲去世后，好不容易可以消停一下，过过二人世界，妻子却胸部不适患了肺痨。这一年以来的种种艰难困苦让他感慨万千。

"嗯，的确，我突然也想好好地梳洗一下整理整理。"

"现在，我——已经死而无憾了。但是我，必须好好回报你之后才可以死。在此之前就算是受尽折磨我也心甘情愿。"

"想要回报我？你想用什么来回报我呀？"

"那个，我，会好好珍惜你，然后……"

"然后？"

"为你做做这些，做做那些……"

然而，他心里明白，她已经时日无多了。

"我呢，我到底想要什么呢？要是只有我一个人的话……让我好好想想，我想去德国的慕尼黑那边转一圈。要是能来一次雨中漫步那更是再好不过了。"

"我也要去！我也要去嘛！"妻子边说边在床上打滚。

"你需要好好静养！"

"就不！就不！我想出门！我就要起床嘛！起——床——"

"不行！"

"死了就死了，一了百了。"

"人没了，可就什么都没了。"

"够了，真的已经活够了。"

"别闹了。然后，想想看怎么样用一个词来概括我们的过往，以及那美丽迷人的松针。"她转头默默思考。

为了平复爱妻的心情，他巧妙地换了个轻松舒畅的话题。

午后的海浪拍打着远处的礁岩，一浪过去瞬间消散，一片轻帆侧身绕过利刃般的海角尖端。湛蓝的波涛在岸边此起彼伏，宛如彩绘，两个孩子像纸屑一样席地而坐，手里捧着热气腾腾的芋头。

一直以来，他都直面着纷至沓来的苦难，认为这一切苦难的根源就在于这具皮囊。他苦中作乐，仔细品尝着个中滋味，尝尽世间百态、悲欢离合，不由得心中暗想——我的身体就如同一只烧瓶，比什么都要透亮，其中的悲苦欢笑我自知。

大丽菊的花茎就像烂草绳一样耷拉在地上，冰冷的海风咆哮着刮过海平面，预示着凛冬已至。

不论刮风还是下雨，他都要每天两次寻找妻子爱吃的新鲜鸟类内脏，为此找遍了海岸町所有的禽类饲养场，挨家挨户地从砧板处向院内张望，以期能有所收获。

"内脏呢？今天又没买到咯？"

他将如玛瑙般鲜红的内脏从冰块中取出，排在枕边得意地向妻子炫耀。

"这个像曲玉一样的是鸽子肾，而那个光泽好像肝脏的其实是鸭子胆，这个看上去像不像一片被咬下来的嘴唇？这枚小小的绿蛋，就好像昆仑山上的翡翠一样。"

于是，在他这一番添油加醋的诱惑之下，妻子就更按捺不住了，不由得在床上躁动了起来。

他一把拿过内脏，直接扔进锅里就煮了起来。

妻子犹如困兽一般躺在床上，一边微笑一边目不转睛地盯着冒着香气的锅子。

"你现在这个馋嘴的样子，简直就像一头饥饿的野兽！"他笑道。

"哈——就算我是野兽好了，这头野兽还是你的夫人呢。"

"嗯，你是那想吃内脏的笼中兽。不管什么时候，你都在隐藏着你内心的本能欲望。"

"那是你吧。你总是又理智又残忍，我觉得迟早有一天你会抛下我这个累赘自己跑出去逛。"

"这只是你这只笼中兽的臆想罢了。"

为了掩饰自己，不让心思细腻的妻子觉察到自己的窘态，此时必须当机立断，定下论调。即便如此，有时妻子也会对他穷追猛打紧咬不放，那时他也只好装傻充愣，靠顾左右而言他来搪塞。

　　"说句实话，我可不喜欢老是待在你身旁，照顾肺痨病人可不是一件开心幸福的事儿。"他向妻子回击道，"难道不是吗？就算我离开这里，也不过是去院子里散散步而已。我只能在你的床边和院子之间的范围内活动，除此之外哪儿也去不了。"

　　"你呀，你不就是想出去逛嘛！"妻子用略带不悦的语气说道。

　　"就你现在这个病歪歪的样子，还有可能出去逛吗？"

　　"那你是想和其他的野女人一起出去玩喽！"

　　"虽然现在不过是嘴巴上说说罢了，但如果真的有这么一天，你准备怎样？"

　　话音刚落，妻子就被气哭了。

　　他立刻就慌了神，马上好言安慰了起来。

　　"说句心里话，我可不喜欢整日整夜一直待在床边照顾你，所以我希望你能尽快好起来，至少能和我一起到院子里去转转，这也是寻常夫妻该有的生活。"

　　"那是为了你自己吧。都老夫老妻了，我还能不了解你？"

　　妻子的步步紧逼，使他深陷在妻子的笼中论中无法自拔。

然而，他真的只是出于责任，只为了让自己心安理得，而心甘情愿地承受着这么大的痛苦吗？

"你赢了！就像你说的那样，我是出于自私为了我自己才会待在这里。但是，我现在做的这一切都是为了谁？要不是为了你，谁愿意待在这像动物园笼子一样的地方？我一直都待在这种蠢地方，到底是为了谁？难道全是为了我自己？真是太可笑了！"

两人就这样拌嘴到了晚上。妻子又发起了高烧，体温升高了五摄氏度。他又一次不眠不休地照顾她，不停地为她做着冰敷。

其实，他也明白自己需要好好休息，几乎每天都会反省自己是不是过于劳累了。即便只是为了生活，为了照顾病人，他也必须到别处去工作、去赚钱。然而，一旦他离开，妻子又会搬出笼中论来闹他。

"你，你是不是又想跑出去了？今天你只来看了我三次。其实我心里很清楚，你就是在嫌弃我！"

"我说你到底想要我怎么样？你的病总要吃药吧，我们两人也要吃饭吧。我一直待在这儿没人会给我发薪水！我们也不是开印钞厂的，不工作的话我也没办法呀。"

"但是……在这里也可以工作的呀。"妻子辩道。

"不，在这儿没法工作。如果不能暂时忽略你的病情，我就无法集中精神安心工作。"

"是啊！你一旦工作起来什么都忘记了！哪里还会想到我啊！我死了算了，省得碍事！"

"你和我的工作有仇啊！可是，如果没有你的仇家我们早就病死饿死了呢。"

"我啊，就是怕寂寞嘛。"

"无论怎样，人都是要忍受寂寞的。"

"你又不会寂寞，你有工作陪着你，而我什么都没有。"

"你可以自己找点事情做呀。"

"除了你以外我什么都找不到。只要你不在，我就只能一直看着天花板和睡觉。"

"好了，别闹了，你还是忍忍吧。我有截稿日的，今天要是交不出稿，编辑大人会弄死我的。"

"反正你总是有借口，截稿日比我重要得多！"

"没有这回事，所谓截稿日就是不管撰稿人发生了什么突发状况都得完成稿件的日子。既然我已经接下来这个，那就必须在截稿日之前完成，不能找任何借口去推脱责任。"

"是呀，你就是这么个理性的人，一直以来都是这样。我最恨你这一点了，我最讨厌什么事情都讲理性！"

"你可是我的家人呢，不是应该多多支持我，和我一起努力赶上截稿日，担起责任吗？"

"截稿日，就知道截稿日，当初你不答应不就行了？"

"不答应！那你和我都去喝西北风啊。"

"你要是总这样对我不管不顾的，那真还不如死了好。"

就这样，他一声不吭地跑进院子，深深地吸了一口气，然后，又拿好包袱，悄悄地到城里去买了当天要吃的内脏。

然而，她的"笼中论"不仅让丈夫身心俱疲，与此同时那几乎日夜不停的拌嘴也消耗了她自己大量的精力。因此她的所谓"笼中论"也在加速着病情的恶化，日夜不停地侵蚀着她的肺部。

她那圆润的四肢，如今瘦得像竹竿一样；拍拍她的胸口，就犹如在敲打空心竹筒一般；终于，她连最喜欢吃的鸟类内脏也不再看一眼。

为了激起她的食欲，他在走廊边上摆放了许多从海里捕捞的新鲜水产。

"这是鮟鱇鱼，就好像是大海里跳不动舞的小丑；这种虾叫明虾，浑身披着铠甲就好似能翻江倒海的武士；你看看这个鲹鱼像不像是在风暴中随风起舞的树叶？"

"与其听你介绍水产，我倒更希望你给我读读《圣经》。"

他像扫罗①一样拿着鱼，一种不祥的预感浮上心头，默默

———————————

① 《圣经》中的使徒扫罗，是耶稣基督同时代的人，年龄稍小于基督，后来成为基督教的伟大传教士。——译者注

看着躺在病榻上的妻子的脸。

"我什么都吃不下，我只想让你每天给我读读《圣经》。"她无力地说道。

于是，从那天起，他就天天拿着那本旧《圣经》念给她听。

"万能的主啊！请聆听吾之祈祷！愿吾之疾呼化作悲愿，万能的主必将护佑。在穷苦之日，不会愁眉不展。因主无处不在，应吾所求。吾之烦恼即刻烟消云散，吾之筋骨如焚，吾之心肝若枯。皆因吾之忘本懈怠而致。"

然而不祥之兆还在继续。某天，一夜暴风雨，第二天，院子水池里的那只行动缓慢的乌龟居然无影无踪了。

妻子的病情不断恶化，他只好没日没夜地守在她身边。现在，她的喉咙里每分钟都有痰。她自己咳不出，就只好由他来帮忙。她又出现了剧烈腹痛的症状，咳嗽越发严重，一天就猛咳了五次左右。那个时候，她都会很痛苦，拼命挠自己的胸部。他认为自己不应该和病人一样惊慌失措，而应该更冷静才对。然而，他越是冷静，她就越发苦闷，于是就一边咳嗽一边骂他。

"我这边吃尽了苦头，你居然还漫不经心，想其他的事情！"

"嗯，你需要静养，动怒对你的身体不好。"

"你实在是太冷静了，冷静得让人生厌！"

"其实，我现在心乱如麻，狼狈不堪。"

"你好烦！"

她一把抓过他手里的纸，顺手将擦过她痰液的脏纸团扔在他身上。

他不仅要不停地擦拭着她身上冒出来的冷汗，还要不断处理掉她咳出来的浓痰。一直蹲在床边照顾她，已经蹲得腰都直不起来了。她痛苦万分，眼睛直勾勾地盯着天花板，双手用力地拍打着他的胸脯。一不小心，他用来擦汗的毛巾弄脏了她的睡衣，于是，她干脆踢掉了被子，拼命挣扎着想要起床。

"不行不行！你还不能起来！"

"好痛苦，痛苦死了。"

"镇静。"

"好难受。"

"这样下去要闹出事情来的。"

"你好烦，吵死了。"

他就像盾牌一样一边承受着她的拍打，一边又轻揉她的胸部，试图让她冷静下来。

然而，和妻子比较健康的时候对他的语言暴力比起来，现在自己吃的这些苦头根本不值一提。这么一看，他发现比起和健康的妻子拌嘴，还是照顾肺痨发作时痛苦挣扎的她来得更幸福。

这还真是奇怪啊！自己居然能腹黑成这样，但也只能这样想了。

每当冒出这个念头，他都会望向大海，神经兮兮地哈哈大笑起来。

这时，妻子又会很不高兴地盯着他，重新请出"笼中论"来继续论战。

"好啊，我知道你在笑些什么。"

"没有没有，我只是在想，将来等你的病养好了，能穿上洋装出去逛了，就再难见到现在这样躺在床上安静睡觉的样子了。你再这样继续折腾的话也只会恶化病情，乖，赶紧睡觉，好好休息。"

"你可真会说话。"

"我不是一直都很好的嘛，一直都在细心照顾你。"

"照顾，照顾！总是不出两句话就说照顾，很骄傲吗？"

"对此我感到自豪。"

"我可不需要你这种敷衍的照顾。"

"哦，只要我去隔壁房间待三分钟，就说我三天不管她的，是谁啊？"

"我又没抱怨过什么，我只是单纯想有个人陪着我，照顾我罢了。我是希望有人来照顾我，不是找个人来唠叨，来给我脸色看的。"

"可是，照顾病人本来就很唠叨啊。"

"我懂，但我就是希望你不要来烦我。"

"哦，我明白了。你要的是无数的仆人、万贯家财，外加十个大夫、一百个护士围着你转。"

"我从来没这样想过！我只要你一个就够了。"

"也就是说，要我以一己之力完成上面所有的要求喽。既能当十个医生，又能当一百个护士，还能变成拿出万贯家财的财主。"

"我可没这么说，只要你一直陪在我身边，我就心满意足了。"

"所以说，我皱眉头抱怨的时候你忍忍不就好了嘛。"

"你真没有良心，我死后会不停地诅咒你，变成厉鬼也要缠着你的。"

"就这样啊，那也没什么大不了的。"

妻子就这样安静下来，既不吵也不闹。然而，他觉得妻子的沉默反而更让人不安，就像潮水在蓄势待发，随时会将他再次吞没。

他必须要好好考虑现在的实际情况，从她的病情进展，到自己的工作和生活，长期地照顾妻子造成他严重睡眠不足，可以说是已经心力交瘁，疲惫不堪。他明白自己越疲惫就越不能及时完成工作，越是无法及时完成工作，将来的生活就会越困难。雪上加霜的是，她的医疗费用就像个无底洞一样不断吞噬

枯草叶，拔着拔着眼泪又不争气地流了下来。

"到底什么是死亡？"

只不过是再也无法相见，他思索着。

过了好一会儿，他整理好情绪回到了妻子的病榻旁。

妻子只是默默地盯着他的脸。

"需不需要弄点冬天的花来点缀一下？"

"亲爱的，你哭了？"妻子说道。

"没有。"

"是吗？"

"已经没有什么能让我再哭泣了。"

"我大概已经知道医生对你说了什么。"

妻子的脸上平静似水，她就这样一个人默默地看着天花板。他坐到妻子床边的藤椅上，凝视着她的脸，仿佛要将这张面孔刻进心里一样。

马上就要结束了，我们之间的羁绊，一切的一切，都要结束了。

然而，我们已经为此付出了全部，此生已无悔。

从这天起，他对她言听计从，这是他对她做的最后告别。

不久，妻子再次被病魔折磨得痛不欲生，她对他说：

"亲……爱的，能给我……弄点……吗啡吗？"

"要吗啡干吗？"

"给我打吗啡。打了吗啡以后，就一觉睡过去，再也起不来了。"

"也就是说……你想死？"

"嗯，我……一点也不怕……死。要是……死了，也就解脱了。"

"也不知从什么时候开始，你变得这么坚强。病成这个样子，什么时候说不行也就不行了，像现在这样你去了那边我也就安心了。"

"我觉得我对不起你，得病以来我一直都在折磨你，真的很抱歉。"

"没有。"他回道。

"其实，我很明白你的难处。这段时间我这样无理取闹，其实不是我的本意，只是得了这个病的缘故。"

"我知道，是得病的缘故。"

"遗书我已经写好了，但是，现在还不能看。就藏在我的褥子下，等我死后，请好好地读一下。"

他默不作声。

他应该悲伤，悲伤得不能自已。然而，现在他只想她不要再说那些临别的遗言。

花坛的石头边，大丽菊的球茎被挖出，就这样烂在风霜之中。乌龟依然不知所踪，代替它的是不知从哪儿来的野猫，在他的空书房里闲庭信步起来。因为病痛折磨，妻子虚弱得几乎终日无语，她就这样一直盯着海平面，眺望着远处闪着光芒的海角。

他就陪在妻子的身边，时常读着妻子想听的《圣经》。

"万能的主啊！请勿因吾之悲愿，愤责吾身，怒惩吾心。主啊！请在灯枯之前，赐予吾怜悯吧！主啊！请治愈吾之病痛吧！哪怕刮骨镇魂！万能的主啊！漫漫岁月若逝去，超脱之时，主亦不存！"

听到妻子啜泣，他放下手中的《圣经》看着她。

"亲爱的，在想什么呢？"

"我的尸骨将会埋在哪儿呢？我可真有点在意呢。"

她现在已经开始在意自己的葬身之所了。

他无法回答。

快要不行了！

他心如死灰。

妻子痛哭不止。

"你怎么了？"

"死后……连栖身……之所都没有，我该……何去何从？"

他茫然不知所措，慌忙拿起《圣经》继续读道：

"神啊！救苦救难！予吾救赎！洪荒将至！及至吾魂坠入深渊，大水漫灌之际，吾辈哀叹疲累之时，纵使喉干欲裂，亦一如既往目视神之恩典。"

　　他和妻子就像两颗枯萎的大丽菊球茎那般，整天默默地待在一起，等待着那一刻的到来，无论发生什么都不再害怕。一直待在他那灰暗沉寂的家中，宛如从山那头运过来灌满水缸的水那样，再也激不起半点波澜。

　　在每个妻子还在安睡的清晨，他都光着脚在退潮的海滩上散步，前夜涨潮时留下的海草缠住了他冰冷的双脚。时不时会跑出来几个住在海边，像风一般的冒失孩童，他们踩着海苔一步一滑地慢慢爬上岩石的一角。

　　海面上的白帆也渐渐地多了起来，海滩边的白色沙道也慢慢地热闹了起来。某一日，家里突然来了一位访客，送来一束麝香豌豆花。

　　饱经寒风洗礼的家中，再一次感受到了早春的气息。

　　"终于等到春天了。"

　　"啊，真漂亮啊！"妻子一边笑，一边向花束伸出她那瘦弱干枯的手。

　　"真是好美！"

　　"这花哪儿来的？"

　　"这花驾着马车，最先向海岸撒去春意。"

　　妻子从他手中接过花束，双手捧在怀中，然后把她那苍白的面容埋在美丽的花束中，恍恍惚惚地闭上了眼睛。

飞蛾无处不在

一

　　他的妻子终于还是死了。他茫然地望着盖在妻子脸上的白布，昨晚吸过妻子血的蚊子就躲在墙上。

　　他将自己锁在房间里已有好长一段时间了。当他看到那只吸过妻子血的蚊子飞过来的时候，他觉得和妻子遗体里的血比起来，反而是被蚊子吸走的血更有生命力。

二

　　葬礼结束后他就离开了家，准备去妻子的娘家打扰一段时间。完成葬礼之后还剩下点钱，为了节省体力他选择了坐车。他回忆起参加妻子葬礼的那些亲朋好友的关照，到现在他都没有回礼，哪怕连一张简简单单的礼状①都没有，只要想到这些就觉得心里沉甸甸的。

"不论如何，请原谅我的失礼。我目前实在是没有心思做这些，请体谅我一下，原谅我的失礼。"

他一边小声嘟囔，一边坐着一辆摇摇晃晃的老爷车往妻子娘家赶。当晚，他终于疲惫不堪地到了妻子的娘家。然而，当他想要早点休息的时候，突然发现，自己的小姨子不知什么时候不声不响地睡在了蚊帐里头。透过蚊帐，那苍白色的胴体隐约可见，就像是一具尸体。

三

看到她的身体，他不由得感到害怕。直到某一天，他悄悄地逃出了岳父母家。妻子的娘家人肯定会觉得他的行为举止很怪异。但是，对他而言，除此之外别无他法。

他买了一把牙刷和一条毛巾，准备到恩师的家里打扰一段

---

① 对别人表达感谢之意的信件或卡片。——译者注

时间，重新开始新的生活。恩师热情相迎，总算是暂时安顿下来了。

那天晚上，当他准备换睡衣睡觉的时候，突然一只白色的飞蛾扑面而来。出于本能，他用手掌拍打它。飞蛾被他拍倒，落在榻榻米上痛苦挣扎着，不停地扇动着翅膀。不知哪儿来的力气，飞蛾突然就恢复了过来，以一种奇怪的速度再次向他袭来。他低头闪过，飞蛾直接撞上了纸拉门，转过头来又冲着他的腰部飞了过来。

"这家伙，在搞什么啊？"他思索着，同时用手掌将飞蛾打落，站在房间的一角仔细观察着它。

四

次日，他悠闲地踏上了旅程。此刻他渐渐地体会到了大自然之美。以前他看事物时，往往只重其形。然而无论多么渺小的事物都有其不同的内在，这点光看表面是绝对看不出来的。这方面对他帮助最大的就是死去的妻子了。对任何一种事物的观察方法而言，死亡都只是一种生命消失的形式。他最常见的事物便是爱妻和天空。总是打断他望着无边无际美不胜收的天空发呆的爱妻，现已长眠不起。总之，从今往后天空依然是那个仿佛触手可及的天空，然而伊人已不在，不论生活还是景色，一切的一切都已失去了光彩。

他走出恩师家，出门旅行时，突然间感到了疲倦。于是，他立即动身前往同一城市的酒店住宿，一进房间就躺在床上，仰望着天花板发呆。

"什么是死？死亡到底……"

但是，为什么我们必须要思考死亡的意义呢？

他反复思考着他的疑问，慢慢地睡着了。睡到半夜，他醒了过来。这时，睡得迷迷糊糊的他看到有只飞蛾停在他的蚊帐的上方，它不断地拍打着翅膀，好像闻着他睡觉的气味找来的一样。

五

第二天，他再次出发，目的地是一个沿海小镇，他有不少朋友就生活在那里。海滩上，穿着泳装的男男女女在嬉戏玩闹，这里简直就是人间天堂。

"活着真好！"他由衷地感叹着。

"青春无敌呀！"

他不由自主地高举双手，玩了起来。人们常说婚姻是爱情的坟墓，犹如牢笼，但他却想和健康的妻子一起去海边游玩，二人与人群一起在大海中畅游。如果可以的话，他希望妻子不要老是和自己黏在一起，可以和人群一道嬉戏，一起打闹，尽情闪耀自己，挥洒青春。

当天晚上，他人生中第一次的海滩之旅是如此完美，他沉醉于海岸边的炫目，久违地疯玩了一天。

正要睡觉的时候，不知何处又飞来一只大白蛾停在他的肩头。

"这还真是怪事！"他不禁想。

他站在那里盯着飞蛾看了好一会儿。

"莫非这是我妻子？"他忽然冒出这样一个念头。那些从前夜开始就一直围在他身边飞舞的飞蛾的姿态，幻化成了他已亡故爱妻的曼妙身姿。

先他上床睡觉的朋友小 I 看到了他的样子，马上翻身起床。

"什么东西？原来是只飞蛾呀。"

"是只飞蛾。"

"搞定。"说话间，小 I 就把飞蛾抓在了手里。

"你想怎么样？"

"弄死它，"朋友大声说道，"死了。"

攥着飞蛾的朋友望着脸色大变的他，完全无法理解他此时的心情，对他既关切又充满了疑问。

"它是我亡妻的化身，你能用纸把它包好再扔吗？"

"好的。"小 I 笑着说道，顺手就把飞蛾扔出窗外。

他躺在床上，思索着自己为何会冒出如此奇怪的念头，会把飞蛾当成自己妻子的化身。但是，在飞蛾一而再、再而三地找上门的当下，他会这样想也并不奇怪。

六

一个星期以后，他开始厌倦海边的生活。在波涛中嬉戏的人群，在他眼中全都幻化成一群跳动的空壳，对他而言，海边再无特别的吸引力。于是，他精疲力竭地回到了恩师家。

晚上快要睡觉的时候，他环顾四周，却不见常见的飞蛾在飞舞环绕。然而，没过多久，一只白色的飞蛾如愿以偿地停在边上等着他。

"这真是不可思议！这飞蛾也太不可思议了！"他说道。

他慢慢靠近飞蛾，像是要读出它的想法那样仔细打量着它。然而，当他想起自己的爱妻竟然变成了这样一只可怜的飞蛾时，就禁不住感慨自己天马行空般的想象力，不由得流下了眼泪。他将飞蛾托在掌心，想起了妻子临终前所说的话。

"Y 马上就要变成一个人了。我死了以后，就再也没有人会为 Y 的事情操心了。"

纵使现在过得还算不错，也远远比不上与她一起相濡以沫的幸福。然而，他无法理解的是，为什么对她强烈的思念，会让自己如此痛苦。然而比起自己的痛苦，他更能感受到的是妻子的茫然，对离开这个世界、离开自己的不知所措。而此时此刻，停在自己手掌上的那只飞蛾，却让人觉得是那虚无缥缈但又确实存在着的妻子的亡灵。此处的这只飞蛾，表面上看只不过是一只普通的飞蛾，而同样是这只飞蛾，谁又能肯定它就只是一只飞蛾，而不是寄托着无尽哀思的亡妻的化身呢！

七

第二天，随着夜色渐浓，他又开始在意起飞蛾了。夜深了，他静静地待在一扇像果实一样的圆形窗户前，凝望着黑暗，等待着它的出现。一旦飞蛾悄然出现的话，他就会将周围的隔扇和拉门统统关上。他想弄明白——飞蛾是否真的是亡妻的化身。片刻后，从主人房间那里传出些许声响，紧接着走廊传过来一阵脚步声。

"Y 先生，Y 先生——"

"在呢。"

在隔扇对面喊他名字的是恩师的侄女哲子。

"还没睡吗？"

"还没呢。"

"那个……"

"嗯？"

"我可以进来吗？"

"请进。"

打开隔扇，哲子蜷着身子走了进来。

"那个，我这里有人想要和你见面。"

"哦。"

"是个女孩子哟，她就是想见见你。"

"哦。"他回答道。

"说想和你见面啊，好想见面之类的，说得我都不好意思了。可以吗？"

"是哪儿来的呢？"他问道。

"其实我也不太清楚是哪儿的，也不知道你会不会同意。刚才在门口我就随口问了下你睡没睡，正巧没睡我就说了一句。"

"那就见见吧。"他答道。

"好的，那就麻烦你了，我这就带她过来。本以为你不肯的，其实那姑娘长得还蛮标致的。"

她一边说一边高高兴兴地往走廊上跑去。然而，这事让他实在有点摸不着头脑——对方为何如此执着地要和他见面呢？

　　不多久，比他预计的时间还要短得多，从走廊上传来了轻轻的脚步声。这完全出乎他的意料，连"二"都还没数到的时候，隔扇就被拉开了。

　　这是个多么美丽而又脸色苍白的姑娘啊！他又开始胡思乱想了：这难道是妻子的亡灵吗？虽说她和妻子一点都不像，但飞蛾都能幻化成妻子的话，难道她就不可以吗……姑娘向他施礼。

　　"这边请。"他说道。

　　姑娘默不作声，静静地坐在榻榻米上，直视着他的脸。

　　"你好，请问找我有什么事情吗？"他问道。

　　"没什么事儿，我只是想和你见个面而已。"姑娘答道。

　　"哦，可是，你怎么会知道我暂时借住在这里呢？"

　　"我觉得你肯定会住到这里来。"

　　当然，只要清楚他现在的近况，任谁也不难推断出他会暂住在恩师家。

　　"那么我想你应该也知道我妻子去世的事了。"

　　"嗯，我知道。"她答道。

　　然而，这让他清楚地意识到，她绝对不会是自己妻子的亡灵。他还发现，自己觉得她是妻子亡灵的想法比认为飞蛾是妻子化身的想法更荒诞。

即便如此，事情依然如他所愿，离奇地朝着不可思议的方向发展。如果他认同了这些巧合，认为她就是自己妻子的亡灵的话，也未尝不是一种幸福呢？

他凭借着自己的想象力，将面前的她以及她的一言一行都和自己的妻子联系到了一起。既然他连飞蛾都能视作妻子的化身，那么比飞蛾更像妻子的她也就更容易被误解成妻子了。

"你是怎么知道我妻子死讯的？"

"我拜读了你的随笔。"

"哦，原来如此。"他点头说道。

这样一来，他对她抱有的所有幸福幻想——她即是妻子的亡灵——渐渐地消失了。随手又在身边的香炉上点燃了一炷香。

"那你呢？"他突然就冒出来这么一句。然而，他也不知道自己到底想问什么。

"嗯？！"她回答道。

"啊，没什么。"他沉默了。

"尊夫人是不是还很年轻啊？"她问道。

"是呀，才二十一岁。"

"啊——"

"难道你也是？"

"嗯。"

"这么巧啊。"

确实是很巧。

两人沉默了片刻。

"你是不是觉得哪里不舒服？"他问道。

"嗯，我也是胸口这里不太舒服。"她低头说道。

——难道她和妻子的病情是一样的！

但是，她绝不是妻子。不知为何他就是这么认为的，她和妻子是完全不一样的两个人。他也非常清楚她为什么想与自己见面——她看过随笔，知道自己和妻子之间发生过的事。但是，总觉得哪里有点不对劲呢？现在，他已不再把她当成妻子的亡灵，目前所发生的一切可以说是毫无异常。

尽管如此，她还是太苍白太清丽了。那种美并不像永开不败的夜之花般娇艳迷人，总觉得更像是凄美夜晚横在铁道旁的铁轨，浑身上下散发着苍白的光芒。在这夜深人静之时，独自与一个陌生男子共处一室，浑身上下散发出一种锐利的光芒，却又安安静静地待在那里，动静共处着实让人觉得有些奇怪。

"哎呀……这房间怎么还会刮风呢？"沉默片刻之后，她突然说道。

刮风？

"哪里有风啊？"

"咦，这不是正刮着嘛。"

"有风吗？"他边说边用心观察起来。

但是，他并不认为风能吹到这里来，香炉中升起的烟气依然静静地飘动着。

他沉下身子紧盯着她的脸。突然间，她的目光闪烁，身体后倾，就像在找什么东西似的。

"喂，你是怎么了？怎么突然就这样……"

"难道是风？"

"是的！"

"真是太不可思议了！"

他茫然不知所措，不知道是自己的感觉有误还是她的感觉出了问题。很显然，这是发生在眼前的事实而不是什么所谓的都市传说。尽管如此，他依然对这不知有无的怪风感到吃惊。这到底是怎么一回事？难道真的是都市传说？他已无法区分哪边是事实哪边是虚幻了。

"啊！！"姑娘尖叫着站了起来。

定神一看，她正用手驱赶着一只飞蛾，被打落的飞蛾扑棱扑棱地拍打着放在榻榻米上的海藻。

"她来了。"他这样想着。

紧接着，飞蛾又扑棱着翅膀，继续纠缠不休地朝姑娘的脚边扑去。

"啊！啊！！"姑娘惊声尖叫着向房间的角落逃去。

他捉起那只飞蛾，却没把它扔出窗外。对他而言，飞蛾比那姑娘更像妻子，扔掉飞蛾就好似扔掉自己的妻子，显然他不可能为了帮那个姑娘就抛弃自己的妻子。这时，飞蛾又开始扑棱着翅膀扑向她的脚边，吓得姑娘立刻拉开隔扇，逃了出去。在那瞬间，他隐约地看到姑娘的衣衫上浮现出一个令人窒息而又恐怖的身影。

八

自此之后那姑娘就再也没来过，第二天早上他又独自去旅行。关于昨天夜里那姑娘不可思议的行为，或许只是女人对飞蛾本能的恐惧罢了。这个极其普通的解释却也非常合情合理。

那么，那只飞蛾到底是什么情况呢？

要知道现在可是夏天，飞蛾聚集在电灯下是非常正常的现象。

晚上，他到了 M 街，去酒店借了间和室，立刻躺倒睡觉。他悠然自得地将双手大幅张开，摊成一个"大"字，直直地躺在那里就再也不想动了。然而，真的再也不想动的话，可以直接冲进那人迹罕至的杂草堆里，就此长眠。

"不管是不可思议也好，千奇百怪也好，对我而言又算什么！我还不是该动就动，该逛就逛，一切如常嘛。"

他决定闭上眼什么都不想。这时，女侍应生送来了夜宵，他爬起来顺手拿了双筷子。

"总之，目前最要紧的是填饱肚子，我的肚子早已饿得咕咕叫了。"他拿起筷子正准备开吃，猛然发现有只飞蛾就停在夜宵边上。一阵寒意直蹿脑门，他呆呆地拿着筷子一动也不敢动。

"也没什么，现在是夏天嘛，飞蛾肯定无处不在。"

话一说完，他就毅然决然地将一片生鱼片送进了嘴里。

机

械

我刚来的时候，时常以为我们的社长或许是个疯子。我经常会看到，他那还不到三岁的孩子嫌弃他时，他就会暴跳如雷，说孩子怎么可以不喜欢自己的爸爸。当孩子摇摇晃晃地走在榻榻米上，突然摔倒的时候，他就会教训自己的老婆，不仅如此还边打边骂，骂她不好好看管孩子。简直就像是在看一出闹剧，然而他自己却毫不自知，相反，他还认为这很正常，简直就是个疯子。只要孩子的哭声稍大，这个四十岁的男人就会抱起他的孩子满屋子打转。并不只是对自己的孩子，他对所有的事情都是这样的无厘头，所以社长夫人才是这个家真正的主心骨。家庭运转完全离不开社长夫人，自然和家里来往的基本上都是她的娘家人。因此，这里最危险最累的工作就只能由社长嫡系的我来承担了。讨厌的工作！全都是些令人讨厌的工作！但是如果没人愿意去做这些工作的话整个家庭就会彻底瘫痪。由于我才是完成这些工作的主力，因此可以说这个家真正的主心骨并不是社长夫人而是我。然而，大家都认为只有废柴才会被迫去做这些又危险又累的工作，对此偏见我只能默默忍受。像废柴一样的人却在谁都想不到的地方起着不可思议的作用，在这家使用各式各样化工品的铭牌制造社中，只有我整天和这些危险的化工品打交道，可以说这个岗位就是用来处理废柴的坑。这个坑里不仅有可以腐蚀金属的氯化铁，常年接触下来衣服和皮肤都会受损伤，而且还有溴。溴会刺激并损伤喉咙，不仅会让你晚上睡不安稳，更进一步地还会损伤你的脑组织，甚至会影响到你的视力。反正可造之才是绝不会被发配到这个坑里来的，虽说我们社长在年轻的时候也干过这些工作，但恐怕那时的他也被人认为是个废柴吧。然而，我并不甘心在这个被别人耻笑的岗位上干一辈子。

　　其实我是从九州造船厂出来的，离职之后在火车上偶遇了一位妇人，这才是这一切的起点。据她说她已经五十多岁了，丈夫死后，既没房又没孩子的她只好暂时借住在东京的亲戚家。当时我半开玩笑地表示如果能顺利找到工作的话就去她的暂住地寄宿，她一听就表示可以帮我介绍工作，让我到她亲戚家的制造社找点事做。一方面我正好是工作还没着落的空窗期，另一方面她的举止文雅，谈吐大方得体，看起来非常可靠，于是就稀里糊涂地决定同她一道去制造社看看。刚开始觉得这份工作很轻松，然而做了一段时间就发现这些危险的化工品会慢慢地侵蚀你，甚至严重到会让你失去劳动能力。于是，就在我犹豫是不是要辞职的时候，突然转念一想，既然我已经忍了那么久了为何不把这里的工作要领全部学会再走，就这样我开始热衷于干那些最危险最累的活儿。但是和我一起搭班的工人轻部却认为我是来盗取制造社商业秘密的商业间谍。他是社长夫人的娘家邻居，所以在这儿干什么都很自由，也乐于扮演这么一个制造社第一忠仆的角色。当我去架子上拿危险化工品时，他就紧盯着我。当我在暗室门口徘徊的时候，只要听到一阵"咔嗒咔嗒"的声音，就明白准是他又在偷偷监视我。

虽说对我而言轻部简直就是不可理喻，但轻部却不这么认为。对他来说，电影就是人生最棒的教科书，而身为侦探迷的他根本就分不清刑侦剧和现实之间的差别，所以对他来说，漫无目的就进坑工作的我是绝佳的嫌疑人对象。特别是他已经决定在这里干一辈子。他整天怀疑我是因为想利用这里的技术独自创立一家铭牌制造社，所以才应聘入社，好伺机盗取社长发明的红色铭牌制作秘诀。但是，在我看来这份工作并不是靠死记硬背就能胜任的，但即便我和轻部这样解释，他也不会相信。再说如果我彻底掌握了这门技术，说不定就一辈子被框死在这个圈子里了。不管轻部是怎么想的，只要他继续烦躁不安地监视我，就更能丰富我的人生阅历，也算是因祸得福了吧。然而，这样的我已被轻部视为眼中钉，这段时间以来这个笨蛋对我的敌意是越来越深。也正因为他是笨蛋，所以才让人觉得其实他并没有什么恶意。我并不是他的敌人，却被他认为是敌人，这段时间每当我面对这个笨蛋时总有点哭笑不得。然而这也是我和轻部之间的嫌隙，当我不经意地挪动椅子，或是随手转着裁断机时，不知道什么时候就会有把铁锤从头上掉下来，又或者会有堆积的黄铜板倒塌到我的脚边，安全的清漆乙醚混合液莫名其妙地就变成了危险的重铬酸，起初我还以为这只不过是自己的工作过失。然而当意识到这是轻部在搞鬼的时候，我越发觉得自己一旦疏忽大意就可能会有生命危险。最令人担心的是，轻部虽然是个笨蛋却是我的前辈，在调制烈性毒药方面很是拿手，知道对方喝了混在茶里的重铬酸而死会被误认为是自杀。

曾有一段时间，只要我吃饭的时候看见黄色的东西就会下意识地误认为是重铬酸，吓得连筷子都不敢动。于是，我只好警戒起来，那段时间我的行为变得越来越古怪，我觉得再这样下去还不如被轻部干掉算了。这样一想，就自然而然地将轻部的事情抛在脑后了。

某一天，我正在做事的时候，社长夫人突然到访。她让社长去采购金属原材料，由于需要帮忙拿钱所以让我一起跟去。社长这个冒失鬼只要一有钱就会弄丢，所以她的第一要务就是绝不能让社长拿钱。迄今为止，这家人大部分的悲剧都是这样的荒唐事，可是任谁也不知道为什么社长会如此冒失。东西丢了也只能丢了，不管你怎么骂怎么打都找不回来，所以绝不能让大家的血汗钱因为这个冒失鬼而化作泡影，否则只能继续关灯吃面了。因为这样的事情发生了不止一次，一直以来社长都这样丢三落四，因此家里行为处事自然与普通的家庭大不一样，这也是不断地吃一堑长一智得来的。一个四十岁的男人居然能如此冒失，简直令人难以置信！例如，夫人将钱包用绳子系牢，挂在他脖子上吊在怀里，他居然还能弄丢，不论是取钱还是放钱，钱包里的钱总能掉出来。明明知道自己冒失，经常丢钱，在取钱放钱的时候难道不应该多加注意？一旦察觉到这一点，就会意识到无论多么冒失的人都不可能会丢钱丢到这个地步，所以这或许只是社长夫人为了拖延付款而故意为之的借口。然而不久之后，社长的奇怪举动让我不得不相信这个事实。总之，社长变了。把"钱不当钱"这句话往往用来形容富人的富裕程度，但我们的社长大人很穷，他经常穷到攥着五个铜板往公共澡堂钻，碰到遇上困难的人，他却会把进货的钱都借给别人应急，事后又忘得一干二净。这或许就是传说中的"神仙"吧。然而，和"神仙"一起生活的人就没那么洒脱了，只能整天提心吊胆地过日子。不能把任何事情托付给他，凡是一个人能搞定的事情，只要由他去办就必须去两个人，为了他一个人不知道要浪费周围多少劳动力！然而，若是社长不在，老主顾对我们的评价便会急转直下。恐怕这里从来没人会真的讨厌他，即便是对他管头管脚整天恶语相向的社长夫人也不例外。看着社长受夫人管束而谨小慎微的那个滑稽样子，实在让人忍俊不禁。一旦老婆大人出门，他就会像兔子一样逃出去浪荡，迅速败光家里所有的钱，或许这也是我们的社长备受爱戴的原因所在吧。

从这个角度来看，果然这个家的中心既不是社长夫人也不是我或者轻部，可以说除了社长以外别无他选。我的奴性就此显露无遗，但谁叫社长这么器重我呢！真是没办法呀！事实上，我把社长想象成是一个实际年龄四十岁却有着不超过五岁心智的成年人。在我们眼里，这个男人只会异想天开，完全不着边际，但我们平时绝不会将这种轻视表现出来，也就是说我们只将他那天真烂漫的不成熟样子看成是童心未泯朝气蓬勃。有这样反应的不仅是我，也包括轻部。后来我才慢慢地察觉到，轻部对我的敌意不过是为了更好地保护好善良的社长而已。我到现在还没辞职，也就是这个原因，是社长无比的善良留住了我，轻部对我的铁锤也是如此。然而自古以来善良这玩意儿可没起到过什么正面作用。

那天和社长一起采购完金属原材料，在返回的途中他向我询问："有人想买我们社的红色铭牌制作法，开价五万日元，你说要不要卖？"

我无法作答，只能沉默不语。目前除我们以外任何人无法制作红色铭牌，可以说这是我社独家研发的技术。但是友商也在暗地里拼命研发这门技术，现在卖的话应该还能卖个好价钱。虽然我觉得现在出手是个好时机，但毕竟是社长长年以来苦心研究的心血，我可没有发表意见的权利。不知从何时起，社长变成了一个"妻管严"，很听老婆的话。说到征求意见的话，这事也应该征求一下社长夫人的意见才对，然而她鼠目寸光，只会贪图眼前的这点小利。

　　我总想着要为社长做点什么，最让人不可思议的是这竟成了我的兴趣爱好。哪怕去他家里，我总觉得他家的一切都在等着我去处理，就连轻部也好像是我的随从一样。这感觉虽好但只要得空的时候轻部就会用演说家那样的语调在我耳边唠叨，他这个样子还真是烦人！但是，自从出了那事以后，轻部对我又开始警觉起来，在工作场所更是寸步不离地盯着我。

　　我想轻部一定是从社长夫人那里听说了社长最近的工作情况以及转让红色铭牌制作法的事情，我不确定社长夫人是不是派他来监视我。但是，我觉得他们两个应该是在怀疑我，就像我也在怀疑他们会不会将老板的秘方偷出来卖掉一样，其实我也有监视他们两个的想法。从这点上来看，社长夫人和轻部肯定都在怀疑我，他们对我的误会也越来越深了。虽然老被怀疑的视线盯着让人有那么些不快，但也觉得挺有趣——我也可以厚着脸皮反过来继续监视他们，看看他们到底能搞出些什么来。正巧那个时候，社长希望我和他一起研究他之前开发的一个新项目——在不被氯化铁腐蚀的情况下将金属染成黑色。目前的开发进度很不理想，所以希望我有空的时候能一道帮忙。我不由得感叹：社长真是个大好人，居然就这样随随便便地向我泄露这么大的商业机密！但对于完全信任我这件事，我由衷地表示感谢。一旦给予他人信任，他人大多都会感恩回报，我想这也是大家对社长心悦诚服的原因所在吧。然而像社长这样毫无底线的笨蛋也是少见，或许这是社长豪放的性格使然。我衷心希望我能对社长的研究有所帮助，以报社长知遇之恩，这时我突然也有了让别人打心底里来感激我的想法。然而我家社长才不会动这样的心思，想到这里我不由得感到惭愧。也就是说，希望有完全顺从我暗示的信徒，愿为我肝脑涂地奉献一切。奇迹之类的东西，并不是因为对方创造了奇迹，而是对比之下的自惭形秽创造了奇迹。从那以后，我变得和轻部一样，一切都是社长为先，甚至会对老是管着丈夫的社长夫人反感起来，时不时地会有一些想法，比如：她凭什么能独享这么个好男人！社长怎么还不把这个管家婆休掉呢！我想轻部一定能体会我的心情，越发觉得轻部就好像是自己的镜子，而他的过去就是我的现在。

有一天，社长突然把我叫进暗室，让我把涂过苯胺的铜板放在酒精炉上加热，同时嘱咐我要好好注意加热过程中铜板的颜色变化。目前这块铜板是紫色的，但是会随着加热而改变，先由紫色变成黑褐色，不久之后就会完全变成黑色。而着色试验就应该在颜色变化的中段进行，由于这块铜板在接下来的试验中会受到氯化铁的腐蚀而变成废料，所以社长希望我尽量多地使用不同种类的化工品来做这个加热试验。从这以后我对化合物与元素的有机关系试验越来越有兴趣，随着兴趣越来越浓，我把以前完全没有接触过的无机物内微妙的有机运动的要点都翻了个遍。这让我意识到无论多小的事物都有机械般的法则，必须通过法则与系数来测算本质，由此我豁然开朗，犹如踏进了一片新天地。但是，轻部注意到我能经常出入之前谁都无法自由出入的暗室，为此他感觉很不愉快。

　　身为元老且一切以社长马首是瞻的轻部尚且无法随意出入暗室，而我这个新人现在却可以，这对轻部而言实在是难以接受！之前对我的警戒已经白费，也许一不小心，他的地位也会被动摇。虽说我知道该对他有所顾虑，但是对轻部这家伙接下来到底会采取什么样的行动非常感兴趣，所以我根本没有同情他的意思，就这样一直故作不知。就在轻部气急败坏的时候，刚巧我需要借轻部的钳子一用，然而却没找到，无奈之下只好直接去找轻部借，然而轻部却回答我说找不到就拼命找，直到找到为止。我也是这样想的，于是就只能继续拼命找。就在我拼命找钳子的时候无意间瞥了一眼轻部的口袋，发现那玩意儿就躺在他的口袋里，于是就自行翻开口袋拿过来用了。谁知被轻部发现了，他大声教训我："怎么可以擅自拿别人口袋里的东西？"

我反击道："虽说这是别人的口袋，但上班的时候车间里谁的口袋还不是一样嘛。"

他立刻指桑骂槐了起来，说："正因为有这种想法，所以有些人才会厚颜无耻地偷学社长的技术。"

我立刻反唇相讥："我什么时候偷学社长的技术了？要是帮社长干活儿也算偷技术的话，那你不也偷了吗？"

他一时语塞，气得嘴唇直哆嗦，沉默片刻之后突然就要逼我辞职。

于是，我回应他说："这活儿本来我就不想干了，但是现在和社长一起研究的项目还没什么进展，我就这样走了实在太对不起社长。"

他马上就说："那我走好了。"

我对他说："如果你就这样走了，社长会很为难的。还是做到我不干了再一起走吧。"

然而，他依然执意要走。

这时我就对他说："那你走好了，之后我会连同你的那份一起干完。"

话音刚落，他突然抓起钙粉洒我一脸。其实我早就知道在这件事上自己有不对的地方，但还是觉得和轻部抬杠蛮有趣的。我的眼前仿佛浮现出善良的轻部在焦急、颤抖的样子，想到这里我觉得不能再刺激他了，必须让他冷静下来。从一开始我就一直轻视着轻部，我要装出对他炸药桶般的脾气颇为忌惮的样子，也是非常不容易的。总觉得只有无理取闹的人才会拼命惹恼对方，轻部的爆发和我的故意抬杠绝对脱不了干系，总觉得我现在的行为很下作。最后，有点不知所措，也不知道将来该如何面对轻部。我完全没有把持好自己。曾听人说过，心灵与躯体是唇齿相依的关系，人的心灵和躯体都是互相匹配的。此言甚是，这会儿我那渺小的心灵正默默地契合着我的身体。过了一会儿，我动身前往暗室，拿了支试管开始烧制铬酸钾，使着色用的 Bismutyl[①]沉淀下来，然而这一举动又惹恼了轻部。我这个新人能自由地出入暗室，对此轻部的意见很大，我刚惹完他之后马上又跑去暗室，简直就没把他放在眼里。于是，他怒不可遏地闯进了暗室，直接拽着我的脖子把我拖了出来，就这样推倒在地上。与其说是被他推倒的，还不如说是我自己躺倒的。他要对付我这样的人，只能用暴力，除此之外别无他法。就在我躺在地上查看烧制的铬酸钾会不会溢出的时

---

① 铋与氧的化合物，非稳定状态，又名氧铋基。——译者注

候，轻部不知为何，大费周章在屋里瞎转之后，又跑回到我的面前。他转了半天不知该从何下手，只能愤怒地瞪着我。我躺在地上一动也不敢动，我很清楚只要我稍微动一动的话，他就会生气地再给我一脚。紧迫的时间其实也就这么一小段儿，但我还是考虑过接下来我究竟该怎么办才好。虽说他总会有分神的时候，到那时我再脱身也不难，但是我觉得现在这种状况下也不得不考虑一下对方的情绪。既然对方已经被愤怒冲昏了头脑，我反而更应该让自己冷静下来，心中暗想："真是受不了这家伙！"

也不知道这家伙的暴行把这儿折腾成什么样子了，我不由得环顾四周。最惨的还是我，不但挨打，还被钙粉撒了一脸，嘴巴里、耳朵里都是这玩意儿。然而，我还不知道自己该在地板上躺多久。我看着裁切机那边打翻的像小山一样堆在我鼻尖前的铝片，加工过的铝片断面闪耀着光芒，我不由得感叹——自己竟然能在三天内干了这么多的工作。我向轻部提议和解，与其这样闹下去还不如快点把这些铝片都处理完。然而轻部可不想轻易地放过我，他叫嚣着不想再干活，反而想把我的脸好好打磨一下，说着就把我的脸埋进铝片堆里，边摁边像洗脸那样使劲搓。你可以想象一下，我的脸就这样被堆得像小山一样的街边门牌号一般大小的铝制铭牌剐蹭着。这世界上没有什么比这样的暴力更让人感到恐惧的了！铭牌的角时不时地扎进我脸上的皱纹和骨头里，刺得生疼。不仅如此，还随着尚未干透的油漆粘在脸上，甩都甩不掉。这样下去我的脸马上就会肿起来。

我已经默默忍了那么久，应该也够了，对轻部也算是仁至义尽了，于是我爬起来往暗室逃去。轻部继续紧追不放，他架起我的胳臂拧到了背后，就这样把我押到了窗边，然后抓住我的头就往玻璃窗上砸，想用撞碎的玻璃来划我的脸。本以为他也闹够了，没想到他还是一副誓不罢休的样子。如果就这样一直被他暴力相向的话，不知道会被他折腾到什么时候。如此一来，我也不再觉得对他有所亏欠，本来有过的道歉再和好的想法也已烟消云散，原本愧疚的表情慢慢地被痛苦和愤怒所取代。这也成为他对我继续施暴的动力所在。其实我知道轻部的火气已经消了不少，只是他现在已经骑虎难下，完全失控了。轻部把我从窗边往放着危化品桶的方向押去，我猛然反过身来转向轻部，对他吼道："你可以对我施暴，你想怎么对我都是你的自由，但我在暗室所做的都是之前从来没做过的试验，如果成功的话你知道能给社长带来多大的利益吗？你不仅过来捣乱，还把我辛辛苦苦做好的 Bismutyl 溶液给洒了，你赔！"

轻部反问道："那为什么不让我和你一起做呢？"能不能帮忙暂且不论，让一个完全读不懂化学方程式的人来帮忙只会越帮越忙。我又不好就这样直说，虽然觉得麻烦但还是带他进了暗室，给他看了详细记录各种化学方程式的笔记本，并向他解释需要严格按照方程式来进行实验。我对他说道："要是你觉得有趣的话就交给你了。"这样一来，自打进社以来轻部还是头一回对我服气。

和轻部之间的风波算是暂时平息了，这段时间工作起来顺手了不少。但我和轻部的工作量却多出来不少，因为最近社里接到了一个大订单——某市政府要我们在十天之内把全市的五万张铭牌①赶出来。社长夫人当然是笑得合不拢嘴，但我们心里都很清楚——我们要通宵达旦地加班了。

于是，社长从朋友的社里借了一个人过来帮忙。刚开始的时候，大家都在拼命赶工，但没过多久，那个叫屋敷的工匠引起了我的注意。那笨拙的手法和看人时锐利的眼神倒确实有个工人的样子，但我还是觉得与其说是来帮忙的还不如说他就是个过来窃取商业秘密的间谍。但是，我如果现在就说出自己的怀疑的话，天知道轻部会怎么看他，所以还是默默观察一段时间为好。我发现每当轻部在摇"槽"的时候屋敷就会盯着他看。屋敷的工作是将轻部加工好的铜放进氢氧化钠溶液中，洗掉前道工序中和氯化铁腐蚀剂一起使用过的清漆和溶胶。然

① 指的是日本家庭贴在门前、标示自家姓氏的铭牌。——译者注

而轻部的那道工序是我社两种招牌工序之一，其他社根本就模仿不来，正因如此，屋敷理所当然地会紧盯着轻部看，这样一来更增添了我对他的怀疑。然而，屋敷看得越是起劲轻部就越是得意，他不停地摇着"槽"中的氯化铁溶液，摇着摇着还哼起了小调。要是换做平时的话，我估计轻部会像怀疑我一样对屋敷产生怀疑，但是这次工期实在太紧了，轻部反而教起屋敷摇氯化铁的诀窍来了——金属板上文字的那一面总是朝下，因为金属板重量的关系，除文字以外的其他部分很快就会被氯化铁腐蚀掉，这样一来文字就被保留下来了。也不知道他是从哪儿听来的，他一边用晦涩难懂的口吻说明一边让屋敷也学着样子摇摇看。刚开始我还提心吊胆地听着轻部的饶舌，可突然转念一想，谁想知道工序的秘密就知道好了，我为什么要管那么多。这样一想也就决定不再对屋敷有所警惕了。我也意识到了，泄密往往发生在泄密者得意忘形的时候，这或许是我今天得到的最大收获吧。即便如此，能如此轻易地让轻部将秘密如实相告，不光是轻部的得意忘形，屋敷给轻部留下的良好印象也起到了不可忽视的作用。屋敷的目光虽然锐利，但他却有着一种不可思议的魅力，能让他迅速地获取对方的信任。他试图用他的魅力来攻下我，可惜我实在是太忙了，一大早就要把漆涂在瓦斯加热过的铜板上，然后边等漆干边将涂过重铬酸氨的铜板放在日光下曝晒感光，接下来再将苯胺涂上去，其他还有灼烧、炭磨①、苦味酸盐勾勒等工序，直到切割前都忙得团团转，实在是没时间搭理他。到了第五天的半夜，我突然醒来，发现本该继续上夜班的屋敷从暗室出来，往社长夫人的房间走去。正想着：这么晚了他跑去社长夫人房间干吗？可惜的是当时我过于劳累很快又睡死过去了。第二天早上醒来，屋敷的样子又重新浮现在我的脑海里。然而，在思考的过程中，我完全分不清那是梦境还是现实。从昨晚半梦半醒一直到现在，我都在考虑着这件事，越发觉得半夜的那个屋敷或许就是我在做梦。莫非屋敷和社长夫人之间有什么不可告人的秘密？应该不会吧。这应该就是我在做梦。没想到那天中午，社长突然就笑着问社长夫人昨天夜里是否有什么异常。

于是，社长夫人装腔作势地回答道："你摸进来偷钱了呀，我哪怕睡得再迷糊也知道偷钱的人是你。你要偷也偷得高明点儿。"

社长一听更觉得有趣，放声大笑了起来。

我这才意识到昨晚去社长夫人房间的是社长而不是屋敷。虽说夫人总是不让他带钱，但也不至于半夜里悄悄跑到老婆房间，偷拿枕头底下的钱包吧，想想都觉得好笑，于是就问他："昨晚从暗室里出来的那个人就是你吧？"

---

① 指金属雕刻等粗刻或制作漆器时，在涂漆之前用木炭进行打磨。——译者注

社长回道："不是我，我也不知道是谁。"

那么从暗室出来的果然还是屋敷喽，还是那只是个梦呢？我又迷惑了。进入社长夫人房间的男人不是屋敷而是主人，这已确切无疑，所以从暗室里出来的屋敷的身影也未必就是梦境。这让曾一度消失的对屋敷的怀疑又重新浮现，而且比之前更重。但是，说到底这也只是怀疑罢了，并没有什么真凭实据，比起怀疑来直接去问屋敷肯定能更接近真相。但要真的是屋敷的话，他肯定会很麻烦。虽说让屋敷麻烦对我并没有什么特别的好处，但是这件事已经充分激起了我的好奇心，就这样放弃未免太过可惜。首先，暗室里藏着我苦心合成的苍铅和硅酸锆的化合物，以及社长的得意之作——非结晶硒红色涂料的秘方和化学方程式。这要是被商业间谍盗取了，无疑是对本社的一个沉重打击，对我个人而言，秘方变得不再神秘，那生活也将失去乐趣。如果对方有心盗取秘方的话，我们可以将它藏起来。这么一想，我就更加下定决心要严加防范。以前我曾被轻部这样怀疑过，这次反而轮到我怀疑别人了，回想起那个时候把轻部当傻瓜还让我觉得非常有趣，估计不久以后屋敷也会这样看我吧。这让我有些犹豫，但终于还是决定好好看住屋敷。屋敷似乎察觉到了我的目光，从那以后就一直在躲避我的视线。原本不想让屋敷有所警觉的，现在反而事与愿违。我已尽量用柔和的目光来观察他，然而人的眼睛就是这么不可思议，两个人四目相对便能知道对方心里的想法。于是我就一边用苦味酸盐磨着铜板一边同他东拉西扯，在闲扯的过程中用眼神询问他是否偷过方程式，然后对方的眼神闪烁着，似乎在回答："尚未得手。"

"那还不赶紧去偷？"

"你知道的，这需要时间。只能慢慢来。"

"我的方程式还没验证好，现在漏洞百出，还派不上用场。"

"如果是这样的话，我会把它改好的。"

就这样，屋敷和我一边工作一边用眼神默默地交谈着，渐渐地我和屋敷之间的关系比其他任何人都要亲密。虽然之前让轻部得意忘形，露出了不少秘密，但现在屋敷将重心慢慢地转移到了我身上。即使我俩各自读同一份报纸，也能找到共同话题，意见也总是惊人地一致。即便是化学的话题，我俩的理解也都能跟上对方的节奏。无论是政治方面的见解还是对社会的期许也都一样。我与他之间只有对偷取他人发明这样不道德行为的看法有分歧。他认为偷取他人的发明方法能促进文明进步，所以盗取他人的发明并不是什么不道德的事。事实上，偷方法的人可能比原发明者更能将其发扬光大。在暗室里努力藏好社长秘方的我与努力偷取秘方的屋敷之间，显然屋敷的行为对社会发展的贡献更大。一想到这些我就越中意屋敷，就越觉得与他相见恨晚，但我并不想让他得到社长发明的非结晶硒的染色方法。因此，我与屋敷的关系越好，对他的妨碍也就越大，自然他也就越难以得手。

我把我刚到这里就被轻部怀疑是商业间谍，并且遭受他暴力的事情告诉了屋敷。

屋敷笑着说："要是那样的话，我估计轻部还没开始怀疑我，多半是他之前怀疑你而吃足了苦头。"顺便揶揄我，"你因此也养成了怀疑的习惯，开始怀疑起我来了。"

我说："既然你早就注意到我对你的怀疑，那你一定在来之前就有所准备。"他回道："当然会有所准备。"

然而，当他说出这句话时就等于承认了自己是商业间谍，是为秘方而来，我不由得对他这种大胆行为而感到吃惊。或许他早已看穿了我，认为这样的话我会在吃惊之余对他产生敬佩之情。这个臭小子！我一边这样想一边转过去凝视着屋敷。屋敷的表情一变，反而转过头来对我说："像我这样跑来制作社帮忙，肯定会被别人怀疑是别有用心，你应该也明白这种工作并不是像我们这样的工人就可以胜任的。可是辩解也只会让别人徒增疑虑，那么没有办法，我也只好任凭别人去猜忌，只管干好自己的活儿就行了。"他又继续嘲弄我说，"最让我头疼的是像你这种我一来就对我抱有无端怀疑的人。"

他的话戳中了我的痛处，他现在的处境和我当初很相似，因此我能与他产生共鸣，于是我感同身受地对他说："总是必须拼命加班，这工作干起来也很无趣吧。"

屋敷突然像立起来的烟锅那样盯着我看，之后又呵呵笑了一声，蒙混了过去。从那以后，不管他再做什么我都不闻不问。像屋敷这样的商业间谍，只要能潜入暗室就一定会有所收获，一旦秘密被他看到，在不能杀他灭口的情况下就不可避免地要遭受损失。我真该好好感谢一下当初的那个介绍人，让我在这里遇到了如此优秀的一个人。不对，我何不像他那样，尽可能地利用社长对我的信任，一边工作一边伺机窃取内部机密呢？这么做才对我最有利吧？趁着一起干活儿的时候，我试着同他说："我也不打算在这里长做，如果我不干了，有没有什么好的地方能给哥们儿介绍介绍哇？"

他回道："巧了，我也正想向你打听呢，我俩还真是像啊，有什么好地方可别忘了兄弟我呀！"

我说："别跟我打哈哈！我并不是在试探你，正相反我其实非常尊敬你，要不要考虑一下收我当徒弟？"

"收你当徒弟？"他苦笑着说，眼神中带着一丝不屑。然而，他突然又认真了起来，对我说，"你应该去周边城镇的一家氯化铁工厂看看，工厂的周围寸草不生，万事皆由此而起。"

我听得一头雾水，什么叫万事皆由此而起？总觉得从一开始屋敷就在耍我，这个男人到底想玩我多久，他城府极深让人捉摸不透，想到这里我不由得感到毛骨悚然。与此同时，我觉得他从来都没看得起我过，而我却被他骗得团团转，简直就是无药可救，实在是滑稽可笑，心中暗自叹道：我俩犹如云泥之别，在如此优秀的他面前，我只不过是刚开始苦修的学徒罢了。

然而，就在市政大订单即将结束的某一天，轻部突然把屋敷扭倒在工作车间的剪裁机下，向他逼供。我估计屋敷偷偷溜进暗室的时候正巧被轻部撞了个正着，我进工作车间的时候刚好看到轻部压住了屋敷，他正骑在屋敷的背上打他的后脑勺。心中叹道：终于还是被打了呀。然而我却没有帮他的意思。平日里受我尊敬的屋敷会如何应对暴力呢？我就像犹大①一样好奇，于是决定在一旁冷眼旁观，冷冰冰地望着屋敷那张因痛苦而扭曲的脸。屋敷被压倒在地板上，侧脸浸在打翻的清漆里，真的是狼狈不堪。他努力挣扎着想起来，但每次稍一起身就会被轻部的铁膝压制，在地板上扭动挣扎着的只有那卷起裤管的两条肥腿。虽然屋敷的抵抗犹如蚍蜉撼树，然而更让我感到不快的是那受人尊敬的屋敷因痛苦而逐渐扭曲的脸，就像在隐喻他内心的丑恶似的，着实令人感到不舒服。

---

① 耶稣十二门徒之一，又称加略人犹大。据《新约》载，生于加略，后为了三十个银币将耶稣出卖给罗马政府，犹大看见捉拿基督的人照着他的话把基督紧紧地捆绑起来了，就惊异地望着救主让人把自己带走。耶稣被十字架钉死后，犹大因悔恨而自杀。——译者注

我之所以对轻部的暴力感到不快并不是我反对暴力，而是轻部的暴力会让人丑态百出，对人实在是极大的侮辱。可是轻部可不在乎对方狼狈与否，他越发勒紧了屋敷的脖子，继续着他的暴力。我开始反思我在一旁冷眼旁观是否正确。我应该帮谁呢，帮谁才是对的呢？我思索着。看着如此惨状却依然不肯招供的屋敷，就觉得屋敷是不是真的从暗室里偷到了什么，于是决定趁着屋敷疲于应付的时候好好观察一下，努力一下说不定能从他的表情和眼神中读出些什么。屋敷虽然被揍趴在地上，但时不时地会看向我。为了刺激他，每次他看我的时候我都会嗤笑他。他似乎受了我的激将，突然振作起来想要把轻部掀翻，然而轻部实在太强，他的努力换来的只是轻部的一顿毒打。然而，在我看来，因我嘲笑而奋起的屋敷露出了巨大的破绽，越是挣扎露出的破绽就越大。一边看着屋敷挨打一边还嘲笑他的我不知不觉地就进入了看戏模式。屋敷在我眼里就像是个沙包，我甚至都懒得嘲笑他，换言之，他已毫无还手之力。这屋敷也没什么了不起，和我一样都是平平常常的人，碰上轻部照样也只能挨打。这时，轻部暂时停了手，像当初埋了我那样，一脚踹翻了屋敷面前的铜片，嘴上还骂骂咧咧地叫嚣着："给我起来！"屋敷站了起来，他怕轻部会突然暴起，便战战兢兢地背靠着墙壁，一边摆好防御架势一边辩解道："原材料里面沾上了溶胶，我用氢氧化钠擦过，但是擦不掉，所以才去暗室找氨水的。"

　　轻部说:"如果需要用氨水的话,那当然是没什么问题,但谁都清楚对这家制造社来说暗室是机密要地不能随意出入。"屋敷这辩解太过敷衍,轻部的拳头又冲着他挥了过去。虽说很清楚屋敷的辩解就是胡扯,但轻部下手实在是太重了,我于是上前当个和事佬,说:"够了,不要再打了。"

　　轻部突然回过头来,高声喝道:"这么说来,你们俩是一伙儿的!"

　　我刚想说:"你稍微动脑子想一想就知道我们肯定不是一伙儿的。"但仔细一想,我俩虽没有事先商量过,但动机都不纯,属于事实上的同犯。屋敷大摇大摆地跑进暗室,而我有的是机会只是没动手罢了,这不就是我与他同谋吗?想到这里,胸口就觉得一阵刺痛,但我还是装作满不在乎的样子对轻部说:"不管是不是同谋,你把人打成这个样子,应该也够了吧。"结果,轻部直接就冲着我来了,他一边挥拳打向我的下巴一边吼道:"屋敷就是你带进暗室的吧!"我也顾不上想轻部会怎么收拾我,我更想让一直被动挨打的屋敷看看,现在的我完全就是在替他受罪,这么一想,反倒心情舒畅了起来。但是,这次挨打的过程中,会不会被屋敷认为我是故意被轻部打,就好像我和轻部串通好了,一起在演戏给他看,屋敷会不会怀疑我能如此淡然地挨揍就是因为我和轻部才是同谋。突然朝着屋敷的方向一看，他似乎对有两个人被揍很满意似的，也休息够了，打起精神来对我说："你倒是还手呀。"他从轻部的背后照着他后脑勺就是一下。其实，我也没怎么生轻部的气，但想起之前挨揍的经历，现在能反殴轻部也实在是件令人愉快的事，于是我的拳头也雨点般地朝着轻部的脑袋上砸去。形势瞬间逆转，轻部被前后夹击，他只好选择主攻屋敷，以此作为突破口，猛地一脚踹向屋敷，然而我乘势在背后拉了他一把，他这一脚没踹上力道，屋敷乘机撂倒了轻部，骑到他身上继续进攻。屋敷的攻势如此猛烈让我有点吃惊。之前无缘无故就被轻部打，一时气愤也就顺势帮屋敷一起对付轻部，然而，现在我已经没有理由继续帮着打轻部了，所以就在一旁默默地看着他俩打架。没了我的帮忙，轻部马上开始反击，他轻易地就将屋敷掀翻在地，很快就压制住了屋敷，打得比之前还要狠。这样一来，局势又回到了之前屋敷被动挨打的样子。但是，轻部对我还是有所忌惮，他打了一会儿屋敷后又担心我会在背后偷袭，于是又朝我扑了过来。如果单独对轻部的话我肯定会惨败，但是现在还有屋敷，我一边和轻部纠缠一边等着屋敷过来帮忙。出乎意料的是，屋敷非但没有帮忙反而和轻部一起痛殴起我来了。一个轻部我都惹不起，不要说他们两个一起了，很快我就被他俩打翻在地。我刚才到底做过些什么，他们要一起对付我？我用双臂护住头部，身体缩成一团，边挨打边苦思自己到底做错了什么。突然间我恍然大悟，从事件刚开始发生的时候，我就做了让这两人都不愉快的事情了。但是，这两个人也做了让我感到意外的事情。首先，屋敷没有理由打我。就算我没和屋敷一起对付轻部，也算是替他解了围，难道屋敷已经被打傻了？但很快我就明白了，这场混战的最终结果——只有屋敷没被两个人同时围攻过。本该是罪魁祸首的屋敷反而没被围攻过，也就是说，屋敷成功地将注意力转移到了我的身上。想到这里我不由得想再打他一顿，但那个时候的我们都已经筋疲力尽，实在没力气再去打他了。从表面上看，屋敷偷偷溜进暗室是我们这场无聊混战的导火索，但实际上，在极短的时间内完成五万张铭牌的高强度工作所带来的疲劳才是这场混战的最大诱因。尤其腐蚀铜板时所用的氯化铁，在反应之后析出的氯气浓度越高危害就越大，不仅会使神经更加疲劳，甚至会让人失去理性。因此随着氯气对身体损害的逐步显现，这家铭牌制造社发生的冲突也越来越频繁。这本是人的本能在起作用，所以我也不会为此生气，但即便如此，被屋敷打的事儿，屋敷居然打我！我是绝对不会忘记的！我以后该对他采取什么样的态度呢？我一定要让他羞愧得无地自容！然而，这场不知什么时候结束的混战闹完之后，屋敷居然主动来向我道歉，说道："我知道当时打你是不对的，但我要是不打你的话，不知道轻部会把我修理成什么样，所以为了结束这场争斗只能委屈你了，对不起，请原谅我。"

当时我完全没察觉到这点，如果那两人没有围殴最无辜的我的话，恐怕那场争斗还将一直持续下去吧。到头来我还是间接地保护了屋敷，我不禁无奈地苦笑起来。好不容易让屋敷向我低头道歉，然而这一切都在他的算计之中，顿时成功的喜悦荡然无存。我越来越佩服屋敷的才智，但也记恨他拿我当猴耍，于是出言相讽："有我这只猴子替你打掩护，想必那暗室的秘方也已偷到手了吧？"

他也毫不客气地笑着回道："你嘴巴那么贱，也难怪轻部要打你！惹怒轻部的其实是你，你才是罪魁祸首。"

原来如此呀！这么说的话惹怒轻部的还真的是我呀！我无从辩解，或许屋敷怀疑我和轻部合谋才会对我动手的吧，真相到底是什么，我是越想越不明白。不管事实真相如何，有一点可以明确的是——屋敷和轻部都在怀疑我。对我个人而言，可以明确的现实就是谁都对我怀有戒心，一片尔虞我诈。尽管如此，我们之间似乎又完全清楚地知道些什么，就像有一台看不见的机械在算计着我们，推动着我们相互之间的钩心斗角。我们就这样互相怀疑着结束了当天的工作，明天顺利完成所有工作之后就可以久违地放松一下了，不仅如此马上还能拿到一笔数目不小的辛苦钱，一想到这里现在的疲劳和纷争就被抛到了脑后。终于熬到了第二天，却又发生了一件谁也没有料想到的荒唐事——社长这个冒失鬼在结完了账往回赶的途中将所有的血汗钱全弄丢了。我们彻夜不眠的心血全部如同泥牛入海一样消失得无影无踪。而且和社长同行的还有那个把我介绍进制造社的社长姐姐，她说——

事先预想到社长可能会丢钱所以就按事前计划的那样替他好好地保管着那笔钱，但是当天他非常兴奋，对于好久没有看到这么大一笔钱的他来说，哪怕是一瞬间也好，他也想摸摸这笔钱。或许有点大意又或许出于同情，我就同意了他的请求，让他拿了一段时间。

在这期间，社长的那个致命缺陷犹如工作着的机械那样一如既往。理所当然的，没人会再指望那笔血汗钱了，虽然已经报了警，但多半是找不回来了。制造社已然是满目疮痍，四周弥漫着令人窒息的沉默。我们居然连最基本的工资都拿不到，疲劳一下子就侵袭过来，大家都瘫倒在车间里，一动都不想动。轻部怒不可遏地把手边的感光玻璃板砸碎，又扔了出去，突然就冲我扑了过来，大声吼道："为什么你还在笑？"

我并不觉得我当时在笑，然而看到那样的轻部说不定真的在笑。说句实话，社长实在是太没有脑子了。我想那多半是氯化铁多年作用的结果吧，应该没有什么比脑子有缺陷更可怕了吧。这样一来，社长的缺陷又将我们紧紧地维系到了一起，完全是有气无处发，有力无处使，简直就是噩梦螺旋嘛！但是，就算把我的想法告诉轻部也无济于事。沉默了一段时间后，突然瞪着我的轻部拍了一下手，站起身来说道："走！一起去喝一杯吧。"

其实就算轻部不提，我们之中很快也会有人提出来的，只是这个提议被轻部说出来了而已，没有任何的不自然，我们的情绪便很快就转移到酒上去了。实际上，在这种时候，年轻人也只能无可奈何地一醉解千愁。万万没有想到的是，因为这杯酒，屋敷的生命也走到了尽头。

那天晚上我们三个回到工作车间继续喝，就那样围坐在一起，一直喝到了半夜，醒来后发现，三个人之中的屋敷误将残余的重铬酸氨溶液当成水喝了下去，中毒而死。我至今都不相信将屋敷送来这里帮忙的那家制造社的传言——轻部蓄意谋杀了他。当然，那天我所做的工序涉及溶胶，所以早就配好了重铬酸氨，但是提出喝酒的轻部嫌疑要大于我。话虽这样说，可轻部预谋借酒杀人之前我们并没有约定过酒局，所以不存在轻部谋划的可能。而我早在酒局之前就配好了重铬酸氨，所以我也洗不清嫌疑。之所以将轻部作为第一嫌疑人，那只是平时轻部的暴力倾向给人带来的坏印象造成的吧。但是，我无法肯定轻部的清白。以我所能掌握的情况来看，他并没有必须置屋敷于死地的动机。本来我认为轻部发现屋敷偷偷潜入暗室，为了防止泄密就只能杀了他。而且，我甚至考虑过如果换做是我动手的话，我也会先把屋敷灌醉，然后再让他喝重铬酸氨。但是，喝醉酒的不只有我和屋敷，轻部也一样喝得酩酊大醉，所以并不是他下的手吧。再进一步假设，如果这是平日里的谋划在无意识醉酒状态中付诸行动的话，他无意识地让屋敷喝了重铬酸氨，那么同样的条件对我也是成立的，或许我才是真凶！？不对，之前我怎么就能断定人不是我杀的呢！？我不是比轻部更忌惮屋敷嘛！最警惕他，对他日夜监视防止他悄悄潜入暗室的不也是我嘛！？不对，更重要的是，我一直以为我研究出来的有关苍铅和硅酸锆化合物的方程式被他偷了，所以对他怀有最强烈敌意的人不也是我吗！？是呀！或许我才是真凶！我最清楚重铬酸氨会放在哪里。我在一醉不醒之前，一直很在意屋敷明天会去哪里，会做什么，无时无刻地关心着他离开这里之后会采取怎样的行动。况且一旦他将秘密泄露出去，我比轻部的损失更大。不对，不知从何时起，我的脑子也像社长一样被氯化铁侵蚀了，我越想越糊涂了。我只觉得周围的机械用那锐利的尖端对准我步步紧逼了过来。谁能替我找出事实的真相，你问我到底做了什么，我怎么可能知道！

梅
雨

去年的梅雨季每一天都是阴沉沉的。整天我都被一股子闷热的湿气包裹着，浑身上下都在出汗，黏糊糊的很不舒服。回想起来，每年到了这个时候我都没试着动过笔，但是这次的梅雨季我决定要写些什么。有一天，不知道从哪里飞来一只黄莺，躲在院子里的树上啼叫，纵然窥视整个树冠也完全找不到它的踪影，只听到那啼声在院墙四周飘荡。它每天都在同一处鸣叫，就好像它一直在那个地方跳舞。我的脑海中不禁浮现出它的舞姿，头随声动好不自在。

　　就在那个时候，我和川端君约好了一道去北海道旅游。我们二人乘着奥羽本线去往青森县，途经浅虫时留宿了一晚。在车上谈论起了有关基督的话题。说起在上月的杂志上读到的报道，在崇神天皇时期的青森县八户市，耶稣来到此地并定居了下来，最后终老此处，甚至还在当地留有一处墓地。对此等荒诞的无稽之谈深感吃惊，同时还谈论了关于现代人不做这样的白日梦就会死之类的话题。正聊得兴起时，列车抵达了我们的目的地——八户站。

"八户站到了，请下车。"

随着站内广播，我们一道下了车。

我微笑着向川端君介绍道："我妻子的娘家就在这里。"

梅雨天还是那样阴沉沉的。我环视着笼罩在车站四周的阴郁天空，方才关于耶稣的荒诞报道就像那黄莺的啼叫一样在我的脑中回响。从不假思索就胡乱传谣的人们身上，我感受到了活在梦中的美好。

到了浅虫的第二天早上，在车站的候车室里，到处都是准备出游的小学生。一个勤杂工样的穿着黑色立领的老人拿着便当箱坐在长椅上，让人万万没有想到的是，他居然长着一张神似耶稣的脸。

"看哪，你说他像不像耶稣。"我情不自禁地说道。

"真的很像啊！"

川端君边说边举起了手中的相机，准备给那个"耶稣"来张特写。

"总觉得他挺可怜，还是算了吧。"川端将举起的相机又收了下去，接着又来了句，"还真是不可思议！"

现在看来，如果当时拍下这张照片的话，或许会有人认为那人就是拿着便当箱的耶稣。实在是长得太像了！

如果人类都是如此荒诞无稽的话，那么这种无稽之谈也将渐渐地变为事实。然而像这样疯狂的梦想也是现实的一部分，将长期驻留在某些人的脑海之中。那么，或许耶稣死在八户的谣言，在这沉闷的梅雨阴霾之下也将变成一个美丽的"现实"。不，就在这个离八户不远的浅虫车站里，我也做了一个与耶稣面对面的美梦，而且川端也是见证人。

渡过津轻海峡就是北海道了，你能很清楚地知道当地的主流教派就是基督教，初到此地犹如身在海外。以函馆市的苦修会①为首，铁路沿线仿佛将全国的基督教会都搬过来似的，鳞次栉比，到处都是。身在此处，我的脑中不停地浮现出德国南部以及亚得里亚海的风景。在这片土地上没有梅雨季，在因躲避梅雨而从内地远道而来的我眼里，札幌盛开着的洋槐花看起来就好像佛罗伦萨的行道树一样。

旅游归来之际，内地的梅雨还在持续着，那只啼叫的黄莺依然没有飞走，还在我的院子里打转。听着它的叫声，我的脑海里又浮现出在浅虫看到的那张"耶稣"的脸，久久不去。虽说这只是梅雨季的幻想，事实上或许我在北海道淳朴的人们当中依然感受到了耶稣的精神，此情此景实在是令人难以忘怀。

---

① 天主教中提倡苦行的一种修会。修士独居小室，终身严守静默。会规严格，专以斋戒、素食、默想、祈祷、读经为事。每周六可聚谈一次。每年在封斋期内，仅食面包与清水。——译者注

脑子与肚子

正值晌午，一列特快列车载满乘客正全速行进，沿线的小站就像石头一样被无视。

总之，在嘈杂而又拥挤的列车上，乘客之中混着一个目中无人的小学徒。他摆出一副能独当一面的神态占着一个位子，正用手巾缠着脑袋。然后，双手敲着窗框大声地唱起小调来——

　　我的老婆呀，
　　是真的有福气，
　　真好！真好！
　　福气真的好啊，
　　多福又多寿唉，
　　真好！真好！

周围的乘客都笑出了声。然而，他却丝毫不在意周围人的看法，依然旁若无人热情洋溢地唱着。

> 冷啊，是真的冷，
> 云都嫌冷，
> 为什么这么冷？
> 反正就是冷。
> 真好！真好！

他摇头晃脑，自得其乐，唱得越来越响。从他的劲头来看，怕是在到达目的地之前要唱尽自己会唱的所有小调。不重复的小调一个接一个地从他嘴里冒了出来。不久，周围的人们就不再理那个旁若无人的小学徒了。于是，车内再次被无聊和睡神的睡意所统治。

正在这时，列车突然停了下来。车内稍许沉默了一阵子，之后，又突然骚乱了起来。

"怎么了？"

"发生了什么事？"

"现在在哪儿？"

"撞车了？"

报纸从人们的手中滑落，座位上无数的脑袋胡乱地晃动着，伸了出来。

"这是哪儿？"

"怎么回事？"

"到哪里了？"

在停下的列车侧面的田野里，似乎建有一座无名的小站。当然，像这样的特快列车绝不会停靠在那儿。不一会儿，一名乘务员出现在车厢的门口。

"各位乘客，本班列车暂时无法继续行驶。"

乘客们屏息凝神，默不作声。

"H 站与 K 站之间的线路发生了事故。"

"乘务！"

"出什么状况了！？"

"各位乘客，本班列车暂时无法继续行驶。"

"退票！"

"H 站与 K 站之间的线路发生了事故。"

"什么时候才能恢复通行？"

"各位乘客，本班列车暂时无法继续行驶。"

乘务员就像人偶一样平静地穿过各个车厢。人们蜂拥着将乘务员送回月台。他们一看到站务员的身影，就立刻将他们团团围住并质问了起来。数个小集团的质问声此起彼伏席卷而来。但是，站务员之中没一个人能答得上来，只是对他们重复着套话。

"电路不通。"

除此之外什么都不知道。因此，他们愤愤不平的质问最后得到的答复统统都是一概不知，完全不能推断故障何时可以修复，简直就是荒谬绝伦，实在是可恶至极！但是，如果什么都不知道就什么都不做的话，那也太糟糕了。这里的所有人都是不幸的。于是，命运论又重新浮现在这群茫然不知所措的人们的脑海之中，他们的小集团就像波浪一样迅速破碎。之前的喧嚣声变成了碎碎念，变成了苦笑。不久之后，他们也只好坐在那儿傻等了。但是，肯定会退给他们票钱。毕竟他们每个人都会损失半天的时间，再加上返程的半天，总共就是一天。因此，失去方向的小集团各自商量着有哪些可行的方案。从时间和金钱上综合考量，可行的方案可以分成三种：其一是在当地留宿，其二是在车内等待通车，最后就是返回始发车站换车绕行。稍许，行李从各个车厢的入口处卸了下来，人流从月台扩散到了田野里。驻足的人们喝起了小酒，吃起了点心，女人们只是看着他人的脸色发呆。

然而，在空荡荡的列车上，小学徒的歌声越发嘹亮——

什么嘛！

你这家伙，

柳树的毛毛虫，

拂到地上的话，

又会重新聚起来，

可怕！可怕！

他完全不把眼前的事故放在心上，他一边吧唧着嘴一边从窗口往天上望去。恰巧这时，天上的云朵也好像被人啃去了一块。正在此时，一张巨大的桌子被搬到了濒临崩溃的人群中来。接着，三名站务员开始宣读报告：

"各位乘客请注意，请赶时间的乘客在这里出示你们的票据，返回 S 站的列车即将到来，赶时间的乘客请乘那班列车从 S 站绕行去 T 线。"

那么，要不要把票根交出去呢？人们悄然无声地面面相觑。他们既不知道故障线的列车什么时候能重开，也不知道乘坐迂回线的列车是否会更早到达目的地。

如何是好？

如何是好？

如何是好？

一位乘客拿着票根向桌子前走去。站务员在那个乘客的票根上加盖了验讫章，再次望向乘客们的脸。然而，将桌子围得水泄不通的乘客们的脑袋却一动也不动。

交是不交？

交是不交？

交是不交？

又过了一会儿，又有一个人走上前去。但是，乘客们的脑袋依然不动如山。正在此时，原地踌躇的人群之中，一个迄今为止一直在观望态势的大肚子绅士走了出来。他那象征着万贯家财和信心满怀的肚子，大大方方地向前突起，一条金链子就垂在他的大肚子下，就像是祭坛上的幢幡，闪闪发光。

他晃着那拥有不可思议魅力的肚子来到了众人面前，然后，将票根放到桌上，皮笑肉不笑地说道：

"看来——还是这边更受欢迎啊。"

于是，至今为止一直安安静静的乘客们的脑袋，突然像旋风一样朝着桌子席卷过来，桌子如同风中残烛东摇西晃。"别挤！别挤！"无数的手臂就像弯曲绵延的森林一样，所有的脑袋们都铆足了劲儿要紧紧跟上那个大腹便便的肚子。

没多久，转乘迂回线的列车到站了。群众蜂拥挤进新的列车中。满载的脑袋裹挟着大肚子发车了。月台上仅余被践踏过的果皮。从原野中刮来的寒风嗖嗖地掠过小站的立柱。

这时，从停在一旁空荡荡的特快列车的窗口处突然冒出来一个缠着手巾的脑袋，小学徒一个人留了下来。不知什么时候他静静地返回了车厢，悠闲地望着月台。

"哦——"戏谑了一声。

然而，他立刻又摇头晃脑了起来——

　　火车呢？

　　跑掉了。

　　乌烟瘴气。

　　留下的烟气呀，

　　真是可气可恨哪，

　　可气可恨！

哼着断断续续的小调，晃动的头巾下，黑白分明的眼珠犹如钟摆一般。

那之后又过了一小会儿，一位站务员穿过铁路带来了第一手的确切信息。

"各位乘客，H 站与 K 站之间的塌方事故已修复，线路已经开通。各位乘客，H 站与 K 站之间的……"

列车上仅存一个戴着头巾的脑袋，然而，特快列车却不能像马车发车停车那样随心所欲。乘务员拉响了汽笛，空荡荡的列车朝着目的地全速飞驰而去。

小学徒呢？他得意扬扬地敲着窗框，独自一人将那黑白分明的眼珠转得像钟摆一样。

啊——

梅子呀！

樱花啊！

牡丹啊！

桃子呀！

这么多呀，

我一个人，

都拿不完哪，

真好！真好！

琵琶湖

说到回忆，一般大家都会想起夏天。二十岁左右的时候，一到夏天我就会回到近江①的大津。特别是上小学的时候，我家就住在大津的琵琶湖畔，琵琶湖的夏日美景深深地印在了我的脑海中。现在每次坐火车经过东海道，当列车途经大津市内时，我都会自顾自地兴奋不已，从窗口向外望去，脸上也会不由得浮现出笑容。这种暗自窃喜，似乎人人都有。在某个夏天，大概在我二十一二岁的时候，我从大津出发前往东京，有个二十二三岁样子的美妇人就坐在我的对面。临近东京之前，和那个妇人一句话都没说过，甚至连目光都没怎么对视过就这样坐了一夜。到大森的时候，那个妇人突然笑着对我说："看到那边的房子了吗？那就是我的家。"

　　我没有应声，只是从窗户往外看了一眼她所指的那所房

---

① 又名近江国，属东山道，俗称"江州"。其领域大约为现在的滋贺县，境内有日本第一大湖琵琶湖。——译者注

子，然后二人就这样相对无言地坐到东京，告了别。还有一次与这次略有不同，但那次经历却引起了我的注意。那是我二十二三岁那年的夏天，去九州的时候，列车驶入熊本，沿着球磨川的急流不停地出入隧道。我的面前躺着一位鼾声如雷的老人。那时，车厢里除了我和那位老人，就别无他人了。列车快要驶近悬崖的时候，在隔河对岸的峭壁山腰上，出现了孤零零地矗立着的一幢房子。这时，那位老人突然就爬起身来，说了一句："那是我老婆的娘家。"说完之后，又骨碌躺下睡去了。

这其实都是些小事，却永远都印在了脑海里，那是一生最美好的回忆。在想要写些什么的时候，在闲聊的时候，第一个浮现在脑海里的就是这些小事。只有身处东海道大津的时候，我才能拥有与这位老人以及那个美妇人相似的喜悦之情。去往大津的时候，我也会不由自主地向身边的陌生人介绍——这是我小时候待过的地方。哪怕偶尔到过几次也能深切地体会到大津之美！去年我第一次带着妻子去关西，走遍了京都、大阪、奈良之后才去了大津，她依然告诉我说最喜欢的地方是大津。和妻子一起游览大津的时候还是早春，要知道大津夏天的美景和早春又有着很大的不同。在芭蕉的俳句"唐崎之松比花朦胧"①中，有很多俳句诗人都认为这句名不副实，但如果不是

---

① 出自《原野纪行》，写于贞享二年（1685），松尾芭蕉四十二岁时写的俳句。——译者注

从膳所、石场附近长期观察对岸唐崎松树的人，是很难明白这句俳句的韵味的。

　　每年临近夏天的时候都会有人问我，今年夏天到哪儿去。然而，比起乡下的夏天来，我更喜欢都市的夏天。在都市度过整个夏天，对于很多人来说这一年就算是白过了，我却不这么认为。说起夏天的美丽，夏天的快乐，夏夜远甚于白昼。在乡下，一到晚上就必须早点睡觉，所以总是盼着夏天能早点结束。但是，在都市却总是感叹——秋天已经来了吗？夏天的离去还真令人惋惜。特别是我，夏天的工作效率很高，所以出去旅行的话会错失一年之中最好的时光。到了年终，人们就会各自期盼来年自己中意的季节能早日到来，而我总是盼望着夏天的到来。夏天就像是在点亮过去的快乐，去年的夏天和今年的夏天几乎没什么不同，仿佛年少时无忧无虑的生活如梦似幻地重新浮现出来。船上挂着灯笼，从湖上摆渡到对岸的唐崎的夜色，在我生活中点点滴滴的记忆里写下了浓重的一笔。每当我痛苦烦恼的时候，都会去想想过去有什么开心的事。在纵横交错的记忆之中又该从何想起呢？对我来说，最终答案就是少年时代在湖上度过美妙夜晚的单纯记忆。虽说我不清楚为什么会这样，但在看起来像油一样缓缓摇曳的暗夜波涛上，欣赏着星星点点映照着市镇街道的街灯美景，渐行渐远，在拂过沁凉湖泊的阵阵凉风中，船上静静地躺着瓜果和茄子，远处比叡山山腰上的灯光正眨着眼睛。看着这夜间的庆典，数只灯笼船争相竞渡的热闹景象令人好不欢喜。所谓暗夜行路应是人世宿命的象征，或许我已粗略地体验到了这种快乐吧。所谓象征，就是能让人体验到过去的记忆之中最具有代表性的场面。那么，我认为夜渡琵琶湖的庆典便是如此。这时，在小小汽船的栏杆上，从如铃铛般垂下的各色各样灯笼的影子中，有一群汗流浃背的人，人们在一起欢笑着，到处都是笑脸。几艘汽轮你追我赶，一旦迫近栏杆那儿就是一片喧哗，人们互相投掷着瓜果和茄子，一片热闹声中汽轮在唐崎靠了岸。人们就在那里下船，围着早已不见了踪迹的老松树缓缓绕行，之后再乘汽轮回到对岸。虽说早已记不清具体的日期了，但这不就是盂兰盆节吗？

大津的北端有一处叫尾花川的地方。这里盛产蔬菜，田地里爬着大南瓜，藤蔓就浮在湖面上。不知怎么的，这轻轻的大南瓜，一到夏天就会浮现在我的脑海中。进入尾花川街道的地方有疏水河口。从这里到运河入山为止，两侧都是连成一片的枸橘林，到了秋天，成熟的黄色果实发出浓烈的香味，到处都是一片丰收的喜悦景象。运河的山上有处三井寺，这一带又满是结满果实的米槠。去年我去了一次，只有这一带，从古至今都没有变。至今仍能保留着明治初年气息的市镇，恐怕在关西也只有大津了，而大津之中也只有疏水河口这一带吧。

我的朋友永井龙男可以称得上是一个江户之子，三十来年都没有离开过东京，但是他第一次来关西，就去了奈良、京都、大阪。永井君比起一般人来感觉更敏锐，他回来后，期待着能和他聊聊对关西的印象。他回来之后说道："虽然我在关西各地都转了转，但也没像传说的那么神，只有近江的坂本让我非常中意。"问到他喜欢坂本哪里的时候，他说很喜欢日枝神社①内的那座石桥。那里当然是很棒啦！又问他是否去过大津，他回答还没去过。我说如果对坂本感兴趣的话，应该经大津疏水到山上的三井寺玩玩。但我总觉得奥之院②夏日土色的宁静与美丽，是不太为人所知的。那里土色之美，还残余着昔日都城的色彩。这一切都要从大津京③说起，在那极度繁荣的土地上，总觉得笼罩着一种用人们双脚踏实过的脂肪般的柔和色泽。在我所见过的土地之中，神奈川的金泽、镰仓等地，已然逐渐走向衰败，曾经拥有过的幕府时期的繁华景象，石墙、树桩、平坦的道路，直到现在也依然清晰可辨。在东北还有松岛瑞严寺④，以及岩手的平泉⑤。这些都与大津奥之院的土色相似。在奥之院的深处有一条四通八达的密道，这条密道甚至

---

① 祭祀着江户三大祭之一的山王祭。——译者注
② 是弘法大师的灵庙，真言宗的创始人弘法大师又名空海，是日本宗教历史中最受崇敬的人之一。——译者注
③ 公元667年天智天皇定都大津，建大津京。——译者注
④ 瑞严寺是日本东北地区第一名刹，是传承桃山建筑风格的伊达政宗菩提寺。——译者注
⑤ 象征着佛教净土的庙宇、园林与考古遗址，是日本岩手县平泉町存在的一系列寺院的总称。——译者注

可以直接通往京都，这恐怕连多数当地人都不知道吧。如果能更深入研究的话，肯定还有更多有趣的地方。我曾有幸走过那条路，道路的两边几乎都是贝冢①，四周群山环绕，层峦叠嶂，景色十分宜人。

青年时代读过田山花袋的游记，其中提到，琵琶湖的魅力一年不如一年，越来越死气沉沉，现在看来确实如此。读过之后，不禁感慨文人的眼光之独到，当时便深感佩服。现如今，每当我乘火车途经琵琶湖时，都会想起花袋的游记，更加深了这种感觉。我每见一次琵琶湖，都感觉这湖越来越像沼泽，慢慢地失去了原有的光彩。大津的街道就坐落在湖泊附近，安静且人烟稀少，离湖泊越远的地方反而越热闹。乍一看这湖泊的氛围，就知道它似乎会将当地人的活力蚕食殆尽。说起近江商人这个群体，他们通常在本地都成不了什么气候，反而在外地如鱼得水，更容易取得成功。虽说这有各种各样的原因，但琵琶湖所带来的湿气绝对是重要的原因之一，身处其中身心俱疲，气质也会慢慢地向胆汁质靠近，也就变成了不易动怒、隐忍自重的行事风格。仔细观察之后居然得出了这样的结论实在是有点滑稽可笑，但居住在湿气重、气压低环境下的居民的忍耐力，要比生活在干燥环境中的居民的忍耐力更强也是毋庸置

---

① 由古人食后舍弃的贝壳等物堆积而成的遗迹。——译者注

疑的。

　　胆汁质气质的人本身是很难成功的，刚开始的时候，或许能靠着借用他人的兜裆布进行相扑角力，这样很容易就能取得优势，但其腹黑阴险的作风、无所不用其极的做法，实在是令人不齿。我去年在大津街道上闲逛的时候，明明发现了故乡的人口在迅速膨胀，然而时至今日才对此感到吃惊，大津地区的人们对事物都抱有事不关己高高挂起的想法。但我觉得更恰当的说法应该是，他们让人觉得有些冷漠，或许怀有这种想法的也不止我一人吧。

日

轮

序 章

一群顶着水罐的少女，从小山丘山腰的泉水旁，唱着山歌消失在合欢树林里。后方泉水中的岩石上，还留着被踩踏过但尚未凋谢的灯芯草花与水罐的碎片。夕阳西下，已是落日余晖，阳光洒落在山脚下的峡湾上，弯曲绵延着消失在远处水平线两端的白色沙丘上。少女们的合唱已变成了华美的酒乐之歌。终于，她们穿出了那片树林，很快又被吸入了另一片浓绿色之中。在这片包容所有人家的广阔森林里，映入眼帘的只有那一大片的绿色，除此之外别无他物。

正在这时，一阵喧哗声起，之前一直静静地覆盖在泉水上方的小山冈上的茅草丛被一分为二。从分开的茅草丛中飞出几只受了惊的野鸡和隼，分开的草丛直挺挺地向泉水方向延伸。不一会儿，水面上倒映着的一排茅草被分了开来，草丛之中站着一个握着断弦短弓的年轻人。他那大大的凹陷着的眼窝、突起的颧骨、乌云密布般的阴郁脸色，都在诉说着迷路者极度疲劳与饥饿的痛苦。他爬上泉中的岩石，一边用弓杖捋了捋杂乱的角发①，一边用刺着打旋藤蔓刺青的嘴吮了一口泉水。他脖子上吊着的一串白玛瑙勾玉，悄无声息地浸没在泉水之中，一闪一闪的好像一尾吃着海藻的鱼。

一

太阳在峡湾的水平线上凝成了朱红色的一点。在不弥宫的高殿里，鸟笼中的松鸦学叫了一声"卑弥呼"后就睡了过去。从海岸边传来了涨潮的波涛声，海浪的声音此起彼伏渐渐高涨，海藻的味道随着微风飘散开来。卑弥呼一袭粉色，一边深情地望着未婚夫卑狗大哥，一边筛选着鹿皮上的管玉和勾玉。卑狗大哥则回头望着沙滩上渔夫火把星星点点的光芒。

---

① 日本上古代的一种男子发型。——译者注

"看哪！大哥，你的勾玉就像玄猪之爪一样污秽不堪。"卑弥呼说着，把勾玉指向了他。

"哼，你的管玉还不是和那病蚕似的，死气沉沉。"

卑弥呼抬起她那玲珑精致的漂亮脸蛋，默不作声地瞪了大哥一会儿。

"大哥，那我以后不给你看玉了，我只给你看细沙。"

"你的玉就像你的小指①一样不干净。"大哥说着，脸上浮现出坏坏的微笑，将目光再次转向沙滩上的火把，"看，火把都亮了。"

"给我出去！这里可不欢迎像你这样的男人！"

"我会回去的，我会带着你的管玉一起走，把你一个人孤零零地留在这儿。"

"别用你的脏手弄脏了我的玉，给我出去！"

"且慢，你的玉比你的灵魂还要夺目。送给我吧，你可是答应过我的哟。"

"出去！"

卑狗大哥笑着把自己的勾玉放进小壶里站了起来。

"今晚在哪儿见面呢？"

"给我出去！"

_____

① "小指"在日语中还有"情妇"的意思。——译者注

"我在茅舍等你哦。"

"快出去！"

大哥出了门。卑弥呼赶忙将剩下的管玉丢到了一旁，朝着大哥的方向追了过去。

"大哥，我在高仓旁等你哦。"

"我要独邀明月，今宵可是满月。"

"等等，大哥，我的玉给你。"

"你的玉会被我弄脏的哦，就像弄脏你一样。"

大哥的笑声从骨碎补①结成的篱笆旁传来，一直持续到了黄昏微风中摇曳着的柏树和高殿的门柱旁。卑弥呼咬着衣服的袖子，凝视着消失在远处松林之中的大哥的身影。

二

夜深了。卑弥呼披着一身鹿皮从宫殿里跑了出来，靠在高仓的稻草门边等着大哥。栗鼠头上的栗子树梢有了动静，那是弄弯树枝的声音。

"大哥。"

———————————

① 属附生蕨类植物，植株高可达 40 厘米。——译者注

野兔在黄麻丛中，梦到了白天捕猎自己的青鹰，它吓得一下子跳了起来，撞在黄麻草秆上，逃进了零余子的叶丛中。

　　"大哥。"

　　猫头鹰停在木樋子的树梢上，紧接着，就向踩着马兰躲在薏苡下的一群青蛙飞扑了过去。

　　"大哥。"

　　但是，卑狗大哥还没到。卑弥呼蹲在稻草门下，百无聊赖地扔着芜菁。月亮从云层中露出了脸，出现在高仓的交叉长木上。森林中柏树寂静的叶波像披了一身银鳞那样，闪耀着银光。这时，茂盛的草丛中传来了一阵轻快的口哨声。卑弥呼从稻草门那儿起身，向从草丛中露出上半身的卑狗大哥走去。

　　"大哥，大哥，"她将鹿皮抛到身后，向他靠近，"天都快亮了吧。"

　　然而，大哥却站在月光下自顾自地赏月。

　　"大哥，我把管玉带过来了，你就收下嘛。"卑弥呼说着就把管玉递到了大哥面前。

　　"你为什么来了？不是说过了，今晚我要独邀明月。"

　　"我来就是为了把这玉给你。收下吧，说好了要送你的。"

　　大哥接过了卑弥呼的管玉。

　　"我可不是为了见你才来的，而你却是为了送玉才来的。

既然玉已送到，你可以回去了。"话一说完，他又将目光转向了夜空中的月亮。

卑弥呼默默地将下草上的果实，扔向大哥的侧脸。突然大哥笑着转向卑弥呼，然后，将双手搭在她的肩头，想要抱住她。她挣扎着推开了大哥。

"我要回去了，玉已送到，我这就走。"

"好吧，你走吧，回去吧。"大哥一边说着，一边抓住她甩开的双手，将她一把拉了过来。

"住手，放开我。"

"走呀，回去呀。"

大哥轻轻地抱起了卑弥呼，一下子滚进了草丛里。小草簌簌摇曳着，草上的果实互相擦碰着在两人的头上轻声歌唱。

"卑弥呼，看，你就如同那远方的明月一般清丽脱俗！"

她被大哥拥在怀中，现在正静静地闭上眼睛，脸颊就贴在他的胸口上。

"卑弥呼，如果将来我们有孩子的话，我希望是女儿。我很想要一个像你一样美丽的公主。如果是儿子的话，就要生个像我一样的美男子。我爱你！你爱我吗？"

卑弥呼只是抬着头默默地看着大哥，一只手抚摸着他的脸颊。

"啊，你就像月亮一样高冷，寒月也会有阴晴圆缺的吧，你还是回去好了。"

大哥一边摇着卑弥呼一边凝视着她，但是她一言不发，只是微笑着静静地看着大哥的脸。

"你倒是走呀，回去呀。"

大哥一边说着一边紧紧地抱着她，卑弥呼双手搂住大哥的脖子。接着，二人相顾无言。从远方森林处缓缓升起的月亮，将青色的月光洒在二人身上。这时，一个消瘦的年轻人嚼着生姜出现在木橼子树下。他穿着又破又轻的麻鞋，看上去就像是浸在水里的草袋一样，他拖着沉重的步伐慢慢向草丛靠近。卑狗大哥听到脚步声就站了起来。

"什么人？"

年轻人停下脚步，丢掉手中的生姜，握住剑柄，沉默不语。

"到底是谁？"卑狗大哥再次喝道。

"我迷路了。"

"是哪国人？"

"我只是一个旅人。给我点儿吃的吧，我可以给你们剑和勾玉。"

大哥回过头来对卑弥呼说道：

"这个属于你的夜晚可真不吉利。"

"大哥，给他点儿吃的吧。"

"你要带他去吃东西？"

"嗯，你看他那么瘦，好像得了病一样。"

大哥默默地望着年轻人的脸。

"大哥，你在这儿等我，我这就带他去赞殿①。"卑弥呼披着鹿皮转头看向年轻人，"你跟着我来，我给你找点儿吃的。"

"卑弥呼，我已经赏完月了，我这就回去了。"大哥瞪了她一眼。

"等一下呀，大哥，我马上就回来了。"

"去吧。"

"大哥，要不你陪他去，我在这儿等你吧。"

"去吧，去吧，我在这儿等你回来。"

"这样好吗？"

"就这么办吧。"

"跟我来。"卑弥呼再次对年轻人说道。

年轻人呆呆地望着那犹如绽放在月光之下的夜之花般的卑弥呼。她给了大哥一个甜美的微笑，然后站了起来，向宫殿的方向走去。年轻人慢慢挪动脚步，踩着她的影子跟了上去。大哥皱了皱眉头，捡起一块小石子扔进了森林。林中数片柏叶褪去了月光，在轻声低语。

---

① 皇宫中供应食物的地方。——译者注

116

三

　　正殿的贽殿处，两个角落里燃起了火把。一位膳夫正用火把烤着鹿骨头，以此来占卜明天的运程。他的脸上浮现出令人毛骨悚然的表情，凝视着升起的烟雾，渐渐地转而露出喜色。这时，入口处的门被推开，那个年轻人跟着公主卑弥呼一同走进来。膳夫回头一看，慌忙地跪在了苙白上，手里还攥着着火的鹿骨。卑弥呼指着身后的年轻人向膳夫说道：

　　"他是一个迷路的旅人，你给他点儿吃的，留他在这里借宿一晚。"

　　"那酒呢？"

　　"给点儿吧。"

　　"再给点儿小米？"

　　"也给点儿吧。"

　　她回头对着年轻人说：

　　"你就在这儿借宿一晚吧，有什么需要吩咐他就行了。"

　　卑弥呼用手臂上装饰着的碧玉腕轮点亮了火把，再次出了门。年轻人就站在苙白边上，凹陷着的眼窝中闪烁着光芒，痴痴地注视着卑弥呼离去的门外。

"旅人啊。"膳夫在旁边上叫道。

年轻人把目光投向膳夫，接着，顺着他手指的方向朝下看。那里有一只大碗，碗里装满了海水，里面泡着海螺和山蛤蜊。

"她是谁啊？"

"她就是这里的公主，卑弥呼殿下。"

膳夫从他的身旁起身去了隔壁的房间。不久，年轻人的面前多了几个饭盒。里面装着山䕌薢、萝卜、不知名的红色果实以及小米，边上的酒缸里盛着用槵木心酿制的薄酒，缸中微波荡漾，酒香四溢。年轻人用手抓了把小米。"卑弥呼。"嘴里还自言自语地嘟囔了一句。

这时，一个刚面见过国王的宿祢①，经八寻殿向赘殿走了过来。他身患中风顽疾，颤颤巍巍的老迈身躯如同风中残烛，所以身边总带着数名随从以便随时保护。经过年轻人的身旁时，他突然就停了下来。

"你是从哪里来的？"

宿祢直勾勾地盯着那个年轻人，眼睛上方，那垂下的白眉在微微地颤抖着。

"我只是一个迷路的旅人。"

---

① 古代国王的臣子。——译者注

"你额头上的刺青是玦①，你是奴国人吧？"

"不是。"

"你下巴上的刺青是月亮，你应该是奴国的贵族吧？"

"我不是。"

"你唇部的刺青是藤蔓，你就是奴国的王子吧？"

"不，我只是一个迷路的旅人罢了。"

"住口！你的祖父掠走了不弥的太后，你的父亲在不弥的灵床纵火，给我杀了他！"

宿祢将荆棘根做的拐杖指向了年轻人。下个瞬间，身边的随从们纷纷拔出剑来。年轻人站了起来，将手中的小米扔向带头冲过来的那个随从的脸上，立刻也拔出剑来。不一会儿，就有一名拿剑的随从被摔到了酒缸里。随从们暂时停了手，年轻人跳出了包围圈，背靠着杉板门。他面前的大碗、饭盒都被踹飞了出去，酒也从盖着盖的酒缸里翻了出来。接着，海螺和红色果实砸向了杉板门，在满是酒香的房间里散落得到处都是，数道寒光再次向年轻人的胸部袭来。正殿外响起了海螺号角声，年轻人舞剑穿梭在随从们的剑网中，随后向身患重疾颤抖不已的宿祢扑了过去，年轻人控制住了宿祢并将他押在茭白上。随从们的剑再次袭来，他用剑尖指向宿祢的胸部，向随从

---

① 缺了一部分的环状玉。——译者注

们喝道：

"杀了我，他也别想活命！"

随从们只能围住年轻人，谁也不敢轻举妄动。宿祢跪在年轻人的膝下，颤抖着身子向随从们喊道：

"别管我！杀了他！不弥国万岁！一定要杀了这个奴国的王子！"

但是，随从们并没有挥剑刺杀。月下，殿外的海螺号角依然在怒吼。铜锣鸣响，敲醒了战士们的长矛，士兵们涌向武器库，然后向贽殿蜂拥杀来。

"奴国人潜入了宫殿！"

"想抢走公主！"

"想偷走镜子！"

骚动的人们奔走相告，如同波纹一般以正殿为中心向外扩散。不多久，贽殿内外随着战士们枪尖闪耀着的寒光而变得明亮了起来。

"奴国人在哪儿？"

"奴国人给我滚出来！"

贽殿的入口处被闻风而来的士兵们挤得水泄不通。就在那时，人从中间分出了一条小路，卑弥呼公主驾到。士兵们争先恐后地为她让路。她一进入贽殿就看到了被随从们包围着的那个年轻人的身影。

"住手，他只是个迷路的旅人。"

"他是奴国的王子。"

"他是跟着我来的。"

"他的祖父掠走了不弥的太后。"

"收起剑来！"

"他的父亲放火烧了不弥的宝库。"

卑弥呼穿过随从们的剑阵来到年轻人的身边。

"我已经给过你食物了，你赶快回国去吧。"

年轻人放开挟持的宿祢，扔掉手上的剑，然后跪在卑弥呼的面前，从他那杂乱角发下的眼中射出倾慕的光芒。他对她说道：

"公主啊！让我留在你的身边吧，我愿为你效犬马之劳。"

"你快回去吧。"

"公主啊！从今天起我这条命就是你的了。"

"快走！"

"公主殿下！"

"把他带出去。"

随从们放下手中的剑，抓住年轻人的手臂，然后将他拉到殿外的月光下。年轻人推倒他们，又再次闯入了赞殿。

"公主！"

"走吧。"

“公主殿下！”

“快走！！”

“你还是杀了我吧！”

忽然，士兵们的枪尖指向悬挂着勾玉的年轻人的胸口。年轻人在枪尖映射出的寒光下凝视着卑弥呼，再次被押到了殿外。就这样，他在几个士兵的看守下，穿过月下寂静的胡枝子和紫苑的花坛，从木栏杆之间穿出紫竹林，终于到达了白色的海滩。在士兵们的嘲笑声中，他被扔到了海滨边上的海藻上。一阵海浪打过来，没过他的头又退下去。过了一会儿，他慢慢地挺起身来，回望着那座宫殿。

四

“王子回来了！”

“驱魔师说中了！”

“他翻山越岭。”

“虽然骨瘦如柴，但还是回来了。”

奴国沸腾了，消息先是从山脚下的竹屋传出。接着，穿过宫殿，直达宫中。到了晚上，宝库前的庭院中举办了一场盛大的宴会。

火把咬合在一起，包着野草堆，围成了一个圆形的篝火。侍从、宫女们吃着鹿肉片，喝着松叶酿造的劣酒和薄酒，而大夫和他们的随从则喝着稻米酿造的白酒。接着，一群将金银花苞当成发簪盘在头上的宫女们出现了，她们一边唱着酒乐之歌一边开始跳舞。旁边有几个年轻人组成的乐队在伴奏，他们一边敲打着大桶和陶器，一边拨弄着双弦琴。

肥头大耳的奴国国王，领着童男和三个宿袮站在高台下面，和消瘦的王子长罗并肩而立。在过去的狩猎日，王子长罗突然下落不明，奴国的皇族顿时陷入一片慌乱。他在深山里足足徘徊了十几天之后，终于找到出路去了不弥。曾经那个在不弥宫中想将生命献给公主的年轻人，就是他。

"长罗啊，看呀，我们奴国的女子多美！"国王指着跳舞的妇女们说道，"你也该成家了。找个你看得上的女人，早日成家吧。"

长罗的父王自爱妃过世以来，便把举办宴会当成最大的慰藉。这是为什么呢？因为他可以在跳舞的妇女之中，自由地挑选到他想要纵情一夜的肉体。就这样，他日复一日，年复一年地狩猎着寻欢一夜的肉体。今晚，从高台上他又发现了两个美女。

"看哪，长罗，看那边的美女跳舞真是人生一大乐事。"

长罗那细长忧郁的眼睛却无心欣赏舞蹈，而是望向那片森林。国王拿着一只空酒杯，走马观花地看着舞蹈，又指向另一位妇人，说道：

"那边的那个女人胖得像头大肚子的母猪。看哪，长罗，那边那个也够胖的，就像一只冬天怀着崽的狐狸。"

宴会随着酒缸里酒的减少而逐渐混乱起来。鹿在喝得醉醺醺的年轻人之间自由漫步，悠闲地吃着酢浆草。不久之后，一群年轻人赤身裸体，挥舞着杨桐枝冲进了跳舞的妇女之中。这时，人群之中，有两个女人的目光从没离开过高台上的长罗。一个是正在跳着舞的，被国王看中的年轻美艳的大夫妻子。另一个是在火把的火光下，与哥哥诃和郎平行而立的、兵部宿祢的女儿香取。在奴国的众多女子之中，她们两个可以说是艳压群芳，气质容貌都特别突出。

"长罗，看，你的妻子就在那边。"国王一边拍着长罗的肩膀，一边指着香取说道。

香取那高雅的脸庞在火把的映衬下，就像淡红色的牵牛花一样害羞地垂着头。

"王子啊，我敬你一杯。"兵部宿祢在一旁说道，接着就把马蹄做的酒杯递到长罗面前。这是为什么呢？宿祢长期埋藏在心中的希望，现在终于借国王的口被讲了出来。

然而，长罗坚定地摇了摇头。在他目光所及之处，火把正好将一串藤蔓烧断，藤蔓冒着火星躺倒在草地上。突然，一只鹿跳了起来，接着，它低着头架起鹿角冲进了跳着舞的人群。

"父王，我累了，只想好好休息，放过我吧。"

长罗独自爬下高台。他穿过人群，经过宝库来到了昏暗的紫杉树下。这时，一个人从跳舞的人群中逃了出来，向着他跑过来，她就是那大夫的美娇妻。

"等等我，王子殿下。"

长罗立定，转头望向后方。

"我向月亮和星星祈祷，祈盼着你的归来。"

长罗一言不发，再次朝着自己的房间走去。

"等等，王子殿下，我每天晚上都会梦见你。"

但是，长罗却丝毫没有停下来的意思。

"啊，王子殿下，请听我说，请带我去森林，我的愿望已经实现，再次见到了在高台上的你。"

这时，两人的后面传来了脚步声。一位年轻的大夫——也就是那个女人瘦弱的丈夫——追了上来，他脸色苍白，战战兢兢地向长罗说道："

"王子啊！这女人是我的妻子，求求你，杀了她吧！"

长罗默默地踏上回房的台阶。大夫的妻子攥着长罗的胳膊挽留他道：

"王子殿下，带我走吧！否则我怕是活不过今晚了！"

大夫拽着妻子的脖子想把她拉回来。

"你骗了我！你这个疯女人！"

"放手！我又不是你的妻子。"

"啊啊！我的妻子呀，你居然骗我！"

大夫正想抓住妻子的头发制伏她的时候，又传来脚步声，一个人跟跟跄跄地朝着三人跑了过来。他就是拿着一只酒杯的长罗的父王，一不小心还滑了一跤，爬起来的时候一侧的脸上还沾着土。

"美人儿啊，我一直都在找你呢。你的舞姿比任何人都美。来吧，今晚我就将奴国的宫殿送给你。"

国王拽着她的胳膊就往宫里走，大夫从后面跑了上来，又一把抓住妻子的手。

"陛下，她是我的妻子，就饶了她吧。"

"你的妻子？很好！"

国王放开那个女人，拔出了长剑。只见手起刀落，大夫的人头落了地。接着，失去头颅的躯体就那样倒在了长廊上，正好对着静静地躺在笔头菜中的头颅，一动也不动。

"过来！"国王冲着女人喊道，一把拽住她的手就往身边拉。

"王子啊！王子殿下！救救我啊！"

"过来！"

女人撞开了国王。国王仰面倒在了大夫的遗体上，狼狈地露出了一双肥腿，紧接着他一跃而起，吐着酒气又举起了那把剑。

"王子啊！王子殿下！"

她一边呼唤着一边扑向长罗的怀里。然而，长罗却像棵树一样毫无反应。长剑挥了过来，女人自肩而下被斜斩成了两段，撞着自己丈夫的遗体滚了下去。

"长罗啊，酒池肉林就在那边！趁着天还没亮，去吧，女人们在那边等着你哦。"

国王收起剑，再次踉跄地朝着火把闪耀的草原跑去，继续寻找第二个猎物。

长罗站在那里，看着两具尸体，然后他又向西方望去。

"卑弥呼！"轻声呢喃了一句。

五

奴国宫里饲养的鹿和马渐渐地肥了起来，而长罗却日渐消瘦。天刚亮，他就爬上高台眺望着不弥国的山峰；一到晚上，又低头不语。他的脸上再也没有出现过欢声笑语，就像流星那样消失得无影无踪。为他黯然神伤而感到忧心不已的，是那最爱他的叔父祭祀宿祢，以及深爱自己女儿香取的兵部宿祢二人。某天，祭祀宿祢将长罗下落不明时占卜他下落的驱魔师再次叫来，让他占卜长罗的病情。大厅中央放着一座画着金银花图案的巨大熏炉。在熏炉中，有一堆黄色的菱角壳灰，上面烧着堆起来的樱花枝和鹿肩胛骨。驱魔师在浓烟之中，一只手举着玉串，另一只手拔剑起舞。接着，驱魔师仔细观察着熏炉上由烟雾描绘出的波纹，正准备传达巫祝的神谕时，长罗突然像飞鸟一样扑到了他的身边。他一把夺下驱魔师的剑，转头冲进了开满胡枝子的庭院。接着，他还发现了一头正在与蛤蟆嬉戏的母鹿，于是手起刀落砍掉了它的头，转头望向驱魔师。

"过来。"

惊得目瞪口呆的驱魔师战战兢兢地走近长罗。

"我的愿望在西方，你觉得怎样？"

"是的，王子殿下。"驱魔师说道，颤抖着的嘴唇已经吓成了紫色。

长罗将那血淋淋的剑指着他的胸口。

"不对，我的愿望在西方，可以吗？"

"可以。"

"真的可以？"

"可以。"驱魔师边说边仰着头将鹿头盖到了马兰上。

长罗收起长剑，推开挂着的保暖被，朝着八寻殿的国王那儿走去了。在那里，国王正让两个男孩穿着鹿皮，模仿交尾。

"父王，请调兵予我。"

"长罗，你的脸色怎么像青瓜一样，青白青白的，多吃点野猪和仙鹤吧。"

"父王，请调兵予我！"

"听我一句劝，长罗，野猪能让你的脸颊重新圆润起来，仙鹤能让你的面色恢复红润，你的母亲就把我赐给她的野猪和仙鹤都吃了。"

"父王，我要攻打不弥国，请调兵予我！"

"不弥乃是海洋国度，你是想抢盐吗？"

"是想抢盐。"

"不弥也是产玉大国，你是想抢玉吗？"

"也想抢玉。"

"不弥国的美女闻名于世，你是想把美女也抢回来吗？"

"当然，父王，我一定会将美女也抢回来。"

"那就去吧！"

"是！父王，我会将不弥的宝物尽数收入囊中凯旋的。"

长罗从国王那里退出来，叫来兵部宿祢，命令他立刻召集士兵。但是，兵部宿祢察觉到这次的突然出兵，或许会给自己的女儿香取带来悲伤的后果。

"王子殿下，你可想一战即胜？"

"我当然想。"

"那么就听我一句劝，静待良机。"

"你已老迈，良机对于正值壮年的我来说毫无意义。"

"别不听老人言，我的话同你的希望一样重要。"

长罗紧咬嘴唇瞪着宿祢。宿祢长叹一声，就此从长罗的面前离去。

六

五个面部刺满玦形刺青的随从从奴国的宫殿里出去，他们被任命为侦察兵去不弥国侦察。士兵们又从森林里砍一批土苓树、光叶榉树和梓树用来做箭身，再加上猎箭的箭尾和叉形箭头制出一批羽箭。在新武器库前将猪油和松脂混在一起熬煮用来加强弓弦。这次与往常不同，士兵们对这样优哉游哉的战斗准备都嗤之以鼻。然而，任何人都没有察觉到爱女心切的兵部宿祢的计划。

长罗等着侦察兵归来，他的脸因兴奋和热忱再次回到了从前的模样，散发出充满男子气概的耀目光辉。他整天都在武器库前的广场上，骑马挥剑练习冲锋，模仿着突入敌阵的样子。但是，只要没到夺下卑弥呼的那一天，他就不得不忍受这前途未卜的煎熬，于是他独自骑马朝着国境线方向去迎接侦察兵。

某日，长罗从国境线那边回来，站在泉水边的兵部宿祢的儿子诃和郎朝他走来。他指着长罗正在喘着粗气的马对他说道：

"王子殿下，该让你的马喝口水休息一下了，你的马都快要累死了。"

长罗听了他的劝说下了马。这时，从垂柳之中出现了一名少女，她费力地拿着一只水罐，双手累得直发抖。那是依兵部宿祢命令行事的诃和郎的妹妹香取，她特意穿了一套很漂亮的衣裳，淡竹色的衣襟随风飘曳。她慢慢地靠近泉水，打水。从她的肩头钻出一缕黑色秀发，缠绕在伸出的白皙玉腕上，婀娜的身影倒映在沐浴着阳光的泉水中。长罗握着缰绳望着她。她把汲好水的水罐静静地放在长罗的马前，害羞地垂着头，将刚摘下的柳条系在胸前。

不多久，喝饱了水的马从水罐中抬起头来。

"在奴国的宫殿之中，就数你最美。"长罗说着飞身上了马。

香取那俏丽脸蛋上的红晕又加深了一层，害羞地躲进了柳丝之中。马又再次向王宫方向跑去。

然而，长罗路过武器库时，看到了三个士兵正在水罐里榨毒空木的汁液。

"你们在榨什么汁？"长罗骑在马上问。

"涂在箭头上，我们要干掉不弥人。"其中一人答道。

长罗的眼中浮现出中了毒箭倒地不起的卑弥呼的身影，他扬起马鞭从马背上跳了下来。士兵们齐齐跪倒在地。

"王子啊，饶了我们吧，我们所制的毒，绝对是见血封喉的呀！"其中一人说道。

长罗一脚踢翻了毒壶，冒着泡的绿色毒液从壶中缓缓地流到草地之中。

"王子殿下，饶了我们吧，这可是宿祢让我们干的呀！"他们之中的一个人说道。

瞬间，冒着泡的毒液上漂起了无数的山蚁尸体。

七

一名侦察兵从不弥国回到了奴国的宫殿里。他报告说，从新罗来的船，载着宝铎和铜剑运往不弥宫。长罗立即敦促部队做好出兵准备。但是，宿祢听了情报后却直摇头。

"难道你认为奴国的弓弱？"长罗逼近宿祢反问道。

"请少安毋躁，刚回来一名侦察兵而已。"

长罗默不作声。接着，他在宿祢的头上叹了一口气，仰望着不弥国的方向长叹不已。

第六天第二名侦察兵也回来了。他报告说不弥的国王要到投马的国境狩猎。

长罗再次向兵部宿祢发难。

"宿祢大人啊！这可是天赐良机呀！你可以闭上嘴直接发兵了吧！"

"少安毋躁。"

"给我打开武器库的大门！"

"殿下请少安毋躁。"

"宿祢！难道你要教我怎么打仗？"

"殿下，狩猎之日很危险！"

"住口！"

"狩猎之日的警备力量数倍于平时啊！"

"住口！"

"王子，决胜之日另在他日。"

"你想将胜利拱手送给敌人吗？"

"给予敌人的将是利剑。"

"你就盼着我铩羽而归！"

"我拥戴着殿下。"

长罗将垫在座位上的鹿皮扔向宿祢，愤然离去。

当日，宿祢命令士兵们整备标枪和盾牌。

又过了四天。第三名侦察兵终于也回到奴国的宫殿里。他带来了数日之内不弥国的公主卑弥呼即将完婚的情报。长罗的脸，瞬间就变得苍白。

"宿祢！鸣铜锣，吹法螺，立刻将武器库的大门打开！"

"王子呀！我们所听到的三份情报是截然不同的呀！"

长罗一言不发，站起身来，怒不可遏地瞪着宿祢。

"王子呀，有两份情报还没来呢。"

长罗气得嘴唇和双手都开始发抖了。

"少安毋躁，殿下，都过了这么长时间了，那两位定能不负众望带回重要的情报。"

长罗的长剑从宿祢身上一闪而过，将宿祢从耳到肩斩成两截。

不久之后，召集士兵的法螺声和铜锣声响彻奴国的宫殿。战士们从四面八方涌向武器库，诃和郎手持弓、剑和盾也混在队伍之中。他准备向父亲询问这次突然召集的缘由，于是就独自跑进了宫殿。然而，寂静的大厅中，等待他的只有倒在沾满鲜血的坐席上的父亲的尸体。

"父亲大人！"

他扔下盾牌和弓、剑飞奔到父亲身边，立刻就明白了父亲的死因，他看到了父亲掉落在血泊中的耳朵。

"啊啊——父亲大人，我会替你报仇的！"

他刚想将父亲的尸体抱起来，就看到父亲的一只手臂从衣袖中滚落在地。

"父亲大人！假以时日，我一定会替你报仇的！"

诃和郎背着父亲血淋淋的尸体，挤过蜂拥而至的士兵，独自一人回到家中。

过不多久，太阳就要落山了。之后，以长罗为首的奴国军队，经过兵部宿祢的家门口朝着不弥国进军。诃和郎那充血的怒目和香取的婆娑泪眼，怒视着行进中的奴国部队。他们的视线被泉水旁的浓绿森林隔断，完全看不见行军士兵的身影，只能看到如同寒霜一般闪耀着光芒的枪尖。

八

不弥的宫中，公主卑弥呼的新婚之夜即将来临。卑弥呼在寝宫的闺房中，由三名侍女轮流服侍，为公主梳妆打扮。她对着梳妆台上的镜子，将烧磨过的兔子脊梁骨粉末涂在脸上，接着在两颊处擦上一层胭脂。那顶用山鸟软羽装饰着的积雪一般的凤冠之中，露出了一头用韩国玛瑙和翡翠装饰着的美丽秀发。一位侍女将白色的绢布披在卑弥呼肩上。

"普天之下，最美之人非公主殿下莫属。"

另一位侍女把琅玕的勾玉垂到卑弥呼的胸前。

"我们的公主殿下乃是大地上的日轮。"

种着橘和榊的庭园中，人们围着白沙地，篝火熊熊地燃烧起来，不弥宫中的侍从们各自拿着几片柏叶聚在白沙地上。过不多久，王宫门柱处缓缓地传来了琴、笛、海螺的协奏曲。十名大夫高举着灯笼向白沙地方向走来，手持幢麾的三名宿祢紧随其后，接着，是拔出剑的国王、抱着镜子的王妃，最后的是如同白色孔雀一般并肩缓行的卑弥呼和挂着管玉手持琼矛的卑狗大哥。侍从们欢呼着，朝二人抛洒柏叶。在白沙地的中央，王妃的真澄镜，就放在悬挂在钟乳石上的币帛下方，映着火把的火焰，犹如一轮红色的血月一般闪耀着光芒。在其后并排放置着分成四段的白木架，其中，第一段放着野菜，山上的野果和鸟类放在了第二段，鲑鱼、杜父鱼、鲤鱼和鲶鱼等河鲜则被放在了第三段，而第四段放着海鱼与海草。奏乐响起，奏乐停止。国王在镜子前，将剑指向了天空。

"啊，无穷无尽的天上的神明们，我们的祖先，请护佑这二人。啊，茫茫大海的诸神，大地上的神灵，请护佑这二人。啊，你们忠良的不弥的臣民们啊，请护佑这二人。不弥之宫，在你们的守护之下，犹如明日之日轮，永远繁荣昌盛！"

侍从们的手就像白色的浪花般摇动起来，再次一齐抛洒着手中的柏叶。卑弥呼和卑狗大哥被王宫的人们包围着，伴随着欢送的奏乐声，踩着埋有柏叶的白沙地往寝宫的方向走去。人们的欢呼声一浪高过一浪，回荡在他们的身后。灯笼和火把交织在一起。王宫将薄酒和各种其他白酒以及鹿和猪的肉片一起运来，在白沙地的中央，戴着薏苡仁发饰的钿女①们一边挥着山韭菜，一边唱着酒乐之歌，跳起舞来。片刻之后，酒宴和舞蹈都进入了高潮。声势浩大的人群大合唱渐渐地变成了喊叫声。随着夜色渐浓，喊叫声又变成了呻吟声。稍后，与即将燃尽的篝火一起，不弥宫的人们就像一头巨大猎物，卧在拂晓的星空之下喃喃低语。

就在这时，武器库突然失火。与此同时，森林之中人声鼎沸，杀声震天。海岸边上，长罗一马当先，率领先头部队冲破花坛向宫殿方向突袭。不弥的民众再次像之前那样骚动起来。火把就这样熄灭了，酒盅和祝瓮四处翻落。接着，标枪如雨般倾泻而下，长枪和剑像寒冰一样闪着光，人们的身体支离破碎，手足横飞。

长罗一脚踹散了潮水般的人群，继续朝宫殿迫近。他冲破了贽殿的大门朝着寝宫方向突进，推开了挂在大厅门口的保暖被，穿过了八寻殿，然后拉开深宫中内室门口的布被。在那间房里，被白色羽被包裹着的卑弥呼，就沉睡在卑狗大哥的怀里。

---

① 头顶结成发髻的女性（亦即巫女之装扮）。源自天钿女命，她是日本神话里出现的女神，别名为宫比神。——译者注

"卑弥呼！"长罗冲向入口处。

"卑弥呼！"

卑狗大哥和卑弥呼就像惊弓之鸟一样跳了起来。

"滚出去！"大哥一边喝道，一边将挂在斋桩上的鹿角向长罗扔去。

长罗用剑尖弹开鹿角，凝视着卑弥呼，像捕食猎物的老虎那样猫着腰慢慢地靠近。

"滚出去！快滚出去呀！"

镜子朝长罗飞了过来，玉也飞了过来。但是，他依然一言不发地向卑弥呼逼近。大哥为了保护身后的卑弥呼，挡在前面。

"你为什么会在这里？"

话音刚落，长罗的长剑就贯穿了卑狗的胸膛。只听见一声惨叫，他握着那把剑向后仰面倒去。

"啊！大哥！"

卑弥呼抱着自己的丈夫，血就像红色的鲜花一样从大哥的胸膛中喷射出来。

长罗把手放在卑弥呼的肩上，说：

"卑弥呼！"

"啊——大哥！"

卑狗就在卑弥呼的怀中断了气。

"我为了夺走你而来到了不弥，卑弥呼，跟我一起回奴国吧。"

长罗想要抱住卑弥呼。

"大哥！大哥！"她哭喊着倒在了地板上，抱着卑狗大哥的尸体泣不成声。

就在那时，奴国的士兵们提着沾满鲜血的长剑闯入房内，他们向长罗喊道：

"我杀了国王。"

"我刺死了王妃。"

"不弥的镜子在我手上。"

"我抢到了宝剑和玉石。"

长罗把卑弥呼从地板上抱了起来。

"我得到了你！"

他将拉着卑弥呼手的卑狗大哥的尸体一脚踹开，再次穿过宫殿向广场奔去。在长罗怀中的卑弥呼看到了，那上颚挂在门柱的枝杈上像死鱼一样垂下来的父亲和母亲的尸体。

"啊！你也刺死我吧！"

化为一片火海的武器库，终于轰然倒塌了，一片尸山火海。长罗抱着卑弥呼，轻快地跳上了马。

"驾！"

他踢了一下马肚子。马踢散了像石头一样翻滚着的人头，向森林那边跑去。随后，沾满鲜血的奴国士兵的枪尖，在朝阳的照耀下闪闪发光，晃动着朝着森林方向前进。

"卑弥呼。"长罗叫道。

"啊啊！你杀了我吧！"说完她就在马背上昏了过去。

"卑弥呼！"

马儿飞驰，踏着葎草和蓟花，向着奴国方向疾行。

"卑弥呼！"

"卑弥呼！"

九

从黑暗中听到远处人马的骚动。诃和郎和香取站在门外望向山顶，火把的光辉就像河流中的月亮倒影一般悠长，摇曳着向宫殿的方向飘去。那是从不弥国凯旋的奴国部队的火把。诃和郎和香取藏身在由骨碎补连接而成的竹篱笆中，等待着他们的靠近。

不多久，部队的嘈杂声离二人越来越近，在先头部队的火把后方，长罗的身影出现了，他抱着一个昏睡的美女。诃和郎拔出剑来就想要冲出去拼命。

"等一下，哥哥。"香取说道，拽着诃和郎的胳臂往后拉。

先头部队的火把来到了竹篱笆前，在火光的映衬下，美女的那张俏脸就像生病的仙鹤那样垂在长罗的胸口。

诃和郎手中握着剑，顺着长罗的脸往下，看到的是那张美女的俏脸。顿时，那张被怒火点燃的脸，慢慢地像看见火焰的婴儿那样松弛下来，还不由自主地张大了嘴。直到队尾那个吃着红色果实的跛脚士兵，朝着宫殿方向走过去，他都没能闭起那两片厚厚的嘴唇。然而，过不多久，士兵们又用火把点燃了宫殿的草原上堆起的一座圆圆的小山，小火山熊熊地燃烧着，这时诃和郎才缓过来，他闭上了双唇，双手又紧紧地握起了那把长剑。

"再等一会儿，哥哥。"

香取像是看到了害怕的东西那样，身体微微地发着抖。但是，诃和郎的身影依然消失在黑暗之中，就像是夜色中的蜘蛛那样朝着宫殿方向飞奔而去。

"啊，哥哥。"香取悲鸣着。她悲叹的额头撞倒了数根骨碎补，再次倒伏在了地上。

十

诃和郎从士兵中间钻出，偷偷溜进了正殿。然后，他悄悄

141

绕进了大厅，从芒穗编织的珠帘缝隙中向外窥视。

　　大厅中，国王、两名宿祢、几个童男和数名随从在一起，正望着前方的保暖被。数盏油灯朝国王的方向飘来。不一会儿，长罗带着几个士兵出现在那里。

　　"父王！我大获全胜，我从南北两路向不弥的皇宫发动奇袭。"长罗说道。

　　"美女在哪里？"

　　"父王！我将他们杀的片甲不留，我杀了国王，刺死了王妃。"

　　"抢到美女了吗？"

　　"抢到了，而且还抢了宝剑和宝镜，我将我夺得的宝剑献与陛下。"

　　"美女在哪里？不弥的美女应该会有大海的味道吧。"

　　长罗将士兵带上来的宝剑，以及从芒麻袋中取出的宝镜和琅玕勾玉摆在了父亲的面前。

　　"父王，请选一样喜欢的宝物吧。宝剑是由韩国的镔铁铸成，放在奴国的武器库中更是熠熠生辉啊。"

　　"我说长罗啊，我会对你们论功行赏的，喜欢什么宝剑尽管拿去。倒是让我见见美女呀，不弥的美女到底在哪里呀？"

　　国王从宝座上站了起来。长罗向一名士兵命令道：

　　"带上来。"

卑弥呼被几个手持长剑的士兵押着，带到了大厅上。国王一见到卑弥呼，兽欲立刻就被激发出来，他眉开眼笑，恨不得马上就对她下手。他摇动着那肥胖的身躯对她说道：

　　"不弥的美人啊，你喜欢奴国吗？与我一道留在奴国的宫殿里吧，从此你想要什么就有什么。你喜欢亥猪吗？奴国的亥猪可比不弥的鹿更肥美哦。不弥的美人啊，看着我，你会成为我的王妃，我会赐予你我喜欢的青蛙和鲤鱼，我这里可是连加罗的翡翠都有哦。"

　　"奴国的王啊，请杀了我吧！"

　　"不弥的美人啊，到我身边来。你比奴国所有的美人都要美。你喜欢戒指吗？我的亡妻还留下一只金戒指，试试看能不能戴在你手上。来呀。"

　　"奴国的国王啊，让我回不弥吧。"

　　"不弥的美人啊，你应该会喜欢上奴国的宫殿吧。你就和我在一起吧。奴国的月亮就像仙鹤头上的红肉冠一样美，你可以和我一边品尝山蟹和大雁，一边观赏奴国的明月。奴国山蟹的蟹籽可是红色的哦，你可以细细品尝这极品的红色蟹籽，这红色的山蟹卵能让你为我生出强大的皇子。来吧，我从没见过像你这般美丽的美人儿，过来呀，和我一道去我的寝宫，喝酒寻欢呀。"

　　国王一把抓住卑弥呼那像灯芯草一般枯瘦的手。长罗惊得脸上的刺青都白了。

"父王，你要去哪儿啊？"

"去准备酒宴呀。长罗呀，你可是把真正的不弥之宝带回来了，干得好！"

"父王！"

"长罗啊，你马上就有新的母后了，你快回房歇着吧，打完这一仗肯定累坏了吧。"

"父王！"长罗冲过来一把夺走国王怀中的卑弥呼，"不弥的美人是我的，我就是为了娶她才决定去攻打不弥的。"

"长罗！你竟敢欺君！不弥的美人，到我这儿来，当我的王妃，让长罗彻底死心。"

"父王！"

"不弥的美人，随我来吧，我爱你胜过整个奴国。"

国王一边抓着卑弥呼的手一边推开长罗。长罗拔出长剑，寒光一闪，斩下了国王的人头。国王的首级打翻了油灯，滚落到勾玉上。大殿中，站在国王周围的人群立刻骚动了起来。

政司宿祢站起身来拔出长剑，冲到长罗面前。

"你居然敢弑君！"

长罗瞪着宿祢二人厮杀起来。瞬间大殿中的人分成了长罗和宿祢两派，互相争斗了起来。转眼之间，血肉横飞，断手断脚，散开角发的首级掉落在地。油灯被扔了出去。于是，殿内

144

变得漆黑一片，被挑起来的鹿皮在闪光的剑刃上跳着舞，放纵着在殿内飞来飞去。

混在黑暗之中的卑弥呼探着手摸到了保暖被，推开了芒穗编织的珠帘。这时，一直藏在珠帘后的诃和郎，借着八寻殿回廊中漏出的火光，看清了她的脸。

"公主殿下，请稍等片刻。"

诃和郎一边说着，一边弯下腰，将她抱到了大厅里。然后，他跳进宫殿的庭院，飞奔到马厩前，嘴巴贴在卑弥呼的耳边轻声私语道：

"公主殿下，和我一起逃出奴国吧。王子长罗是你我共同的敌人，如果你被他抓到的话，那么我也一定会掉脑袋的。"

他们骑上了一匹栗色骏马，挥起了马鞭。两个人骑着马在黑暗之中飞奔而去，逃出了奴国的宫殿。

长罗自肩而下斩倒了逼近保暖被的宿祢，然后提着剑，寻找卑弥呼。他喊着她的名字，在大殿中奔跑。他拉开被子，掀起珠帘，跳进庭院，一边拨开胡枝子丛，一边朝着广场奔去。

"不弥的美人躲到哪儿去了？给我搜！抓到不弥美人者，官封宿祢！"

蜂拥而至的枪兵们再次将堆在庭院里的火把小山一扫而光。接着，奴国的宫殿里，那些火把就像被吹散的火星一样四散而去，星星点点摇晃着向远方飘散而去。

十一

　　诃和郎的马踏入了狭窄的山谷之中，面前是一片长在陡峭岩壁上的樟树林。诃和郎帮卑弥呼下了马，对她说道：

　　"这地方马没法走了。公主啊，就和我一起在这里凑合一宿吧。"

　　"要是追兵追来该怎么办？"

　　"没事的，公主。我是奴国宿祢的儿子。我的父亲为长罗所杀，劫走你的士兵们正在奴国的宫殿里自相残杀。长罗是我的杀父仇人，如果不是你们不弥国，我和我的父亲还能共度今宵，所以，你也算是我的敌人。"

　　"我的丈夫死在长罗的剑下。"

　　"我不清楚此事。"

　　"我的父王也被长罗的士兵砍死。"

　　"我也未曾听说过。"

　　"我的母后也因长罗而死。"

　　"住口！我又不是你的仇敌！而你却是我的敌人！不弥的女人，我救你是为了向长罗复仇，也为了向你复仇，所以我才出手救你。"

"等等，我还有大仇未报。"

"不弥的女人。"

"等等。"

"不弥的女人，照我说的做，否则我就杀了你。"

"我的丈夫抛下我独自去了，我的父母也是因我而死，现在就只剩下我一个人了，你杀了我吧！"

"不弥的女人。"

"你就杀了我吧！"

"如果你死了，我也不会有活路。做我的妻子吧，和我一起生活吧。不要让我再回奴国了，在那里等待我的只有长剑。"

"等等，我大仇未报。"

"我替你报仇，替你和我死去的父亲报仇。"

"可以吗？"

"我会报仇的，我会杀了长罗！"

"真能报仇？"

"我会替你的丈夫、替你死去的父母报仇！"

"真能做到吗？"

"你会成为不弥和奴国的王妃。"

当晚，二人就这样成了亲。头上是用兰花的藤蔓做的装饰，几条爬山虎从榉树的枝条上垂了下来。床由凤尾草、山韭菜和黄背草铺就而成。于是，卑弥呼再次躺在了新任丈夫的臂弯中。诃和郎从马上取来用鹿的毛皮制作的马毡，披在妻子的背上。月亮升起来了。诃和郎为了警戒奴国的追兵，拔出剑彻夜未眠。一只鼯鼠从樟树洞里窜了出来，独自从树枝之间飞过。在月亮的映照下，鼯鼠的眼睛闪耀着蓝色的光芒，诃和郎的双眼和手中的剑刃也在山韭菜和黄背草中熠熠生辉。

这时，卑弥呼突然浑身发抖，在诃和郎的臂弯里哭了起来。

十二

那天晚上之后，怀揣着野心的奴国士兵们为了寻找不弥的公主离开了宫殿。他们之中有一名叫荒甲的士兵。他的额头到脸颊处都患有白癣，所以他的块形刺青比其他人淡。他在卑弥呼逃走的第三天中午，在森林边缘的河滩，听到了马嘶声。他分开芒草向那个方向走去，见到了在马旁边洗脚的不弥美人的身影。正当荒甲挺起身子准备跑过去的时候，提着兔子和虾虎鱼的诃和郎出现在了芒草丛中。

"啊，你叫荒甲，你发现不弥的美人了？"

荒甲默默地指着不弥的美人。诃和郎把手放到了荒甲的脖子上。荒甲的身体同飞散的虾虎鱼和兔子一起，被扔进了芒草丛中。诃和郎抱起石块，照着想要起身的荒甲的脑袋扔了过去。荒甲的白癣和眼球一起飞了出去，然后，碰上芒草茎，像弄湿的鸡头一样翻翻摇曳。诃和郎将已变成尸体的荒甲一脚踹开。为了听到追兵的脚步声，他匍匐在地上，把耳朵贴在苔藓上仔细聆听。之后跑到妻子的身边对她说道：

"奴国的追兵过来了，上马！"

马驮着卑弥呼和诃和郎渡河。几只山鸭和一群麻雀从柳树丛中飞了出来。面前是一座座连着成片茭白和芒草穗的云雾缭绕的群山。

"那些群山是？"

"那是不弥的山。"

"追兵会绕去不弥吗？"

"应该会的。"

卑弥呼和诃和郎一起制定了集结不弥残部来征讨奴国的计划。但是，两人骑的马却偏离了既定的方向，朝着耶马台而不是不弥的方向前进。秋日的光景以环绕在诃和郎背上的衣服结为中心，展现在那无边无际羽毛般芒草穗的田野上。一阵微风拂来，在摇曳着的芒草上，是那晃着脑袋缓缓前进的二人一马的身影，犹如腾云驾雾一般。鹬子和鸢在他们的上空盘旋着，像是在守护着他们似的。

十三

　　那天晚上，两人穿过几里森林，越过两座山峰，终于来到
了小山的原野上。那里长着茂盛的米槠和橘子。猴子抓着二人
头上的树枝在树与树之间跳来跳去。为了防范野狗和狼，诃和
郎燃起了篝火。他们从过去数日的经验来判断，野兽的獠牙要
比追兵更棘手。卑弥呼贴着诃和郎，侧过身子醒了过来。因为
当晚轮到她守夜。夜深了，她在米槠的树梢上，面前是一片密
密麻麻的竹叶，从寂静黑暗中垂下藤蔓的缝隙里，见到了死去
的卑狗大哥的身影。

　　卑狗大哥的幻影很快就从她的眼前消失得无影无踪，她
眼含泪光，再次向快要燃尽的篝火中添加枯枝，篝火又熊熊
地燃烧起来。一群猴子从树梢上爬了下来，聚集在篝火的周
围。就这样，每当她添加枯枝的时候，猴子们也学她一道添
加枯枝。

　　就在篝火又快要燃尽的时候，从山麓的黑暗中突然传来了
行军的脚步声，卑弥呼叫醒了身边的诃和郎。

　　"奴国的追兵就在附近，我们快逃！"

　　诃和郎一跃而起踩灭了篝火。士兵们的呐喊声再次高涨

了起来。二人飞身上马，撞开小树，朝着小山的山顶飞奔而去。正在这时，从芒草覆盖的小山背面，不知什么东西震动着枯木林向二人冲过来。那是一群雄鹿，马冲破散乱的鹿群又返身跑了下去。然而，一群士兵踩着茅草出现在原野边上，他们排成一列，自原野边如同系口袋的带子那样朝着他们的方向前进。诃和郎只好跟着鹿群重新逃向山顶。这时，米楮和橘子的原野上，又出现了另一群鹿，它们向山顶猛冲了过来，然后，就冲进了混着诃和郎的马所在的雄鹿群中，顿时鹿群变得更加混乱，就像吹起来的黑色泡沫那样在山顶上不断翻腾着。但是，不久之后，混乱不堪的鹿群又如同山侧细长的河流那样重新流动起来。山脚下，士兵们的火把星星点点地闪耀着光芒，然后，那些火把排成一条弧线扩散开来，忽然间又缩成圆形将整个山麓都包围起来。鹿群流动的方向使得诃和郎的马不得不逆流而上。它们的小群体又再次在小山的山顶上互相踩踏，沸腾了起来。映着火把的鹿眼，就像无数闪烁着光芒的玉石。那时，一声法螺号角自火把群中鸣响，士兵们的火把包围圈停了下来。与此同时，芒草原的空中万箭齐发，鹿群发出悲鸣，场面顿时混乱不堪。诃和郎的马跳了起来，接着，诃和郎就抱着卑弥呼滚落到草地上。接着，他迅速爬入洼地，就像她的盾牌一样跪抱着她替她挡住箭雨。被箭射中的鹿群，在原野上狂奔，不断地倒在地上。忽然，鹿一只接一只地倒进了洼地底相

151

拥着的二人的背上。不一会儿，这群混乱不堪的雄鹿，拼命挣
扎，互相踢撞着，静静地死去。而从它们伤口处迸出的血流，
就像从石墙缝里漏出来的泉水一样汩汩地冒了出来，浸染着二
人的身体，渗入洼地底的苔藓之中。

十四

　　包围着诃和郎和卑弥呼的士兵，是在他们国王的率领下，
远远地围住鹿群的耶马台国的士兵。他们看到小山顶上混乱的
鹿群平静下来后，就跟在火把后面朝着山顶跑去。被火把照得
通明的山顶上，到处都是乱糟糟躺倒在地的野鹿尸体。不多
久，士兵们都聚集到火把周围，各自拖着一头野鹿向山脚下走
去。这时，山顶洼地附近聚集了一群士兵，他们围着沾满鹿血
的诃和郎和卑弥呼喧嚷起来。看不见他们二人的士兵，在人群
的不远处议论纷纷。

　　"从鹿中涌出来一对俊男美女。"

　　"有个鲜红的美女从鹿的肚子里跑了出来。"

　　"鹿中的美人比人间的美人还要美。"

　　不久，士兵团体就围着诃和郎和卑弥呼，朝着他们的国
王——反耶的方向前进。

"陛下，"一名士兵跪拜着向反耶禀报，"从鹿之中出现了一对年轻男女，要攻击吗？"

国王反耶取了身旁士兵的火把，高高地抬起头来眺望那两个人的身影。

"我们是翻越远山来到这里的不弥人，放开我们。"诃和郎说道。反耶的视线从诃和郎身上转向了卑弥呼。

"尔等可是不弥国的旅人？"

"是的，我们是回不弥的旅行者，放了我们吧。"卑弥呼说道。

"耶马台的王宫就在山下，你们是准备经过我的王宫去旅行？"

"放过我们吧，我们的路线不经过贵国的王宫，明天还要急着赶路。"

反耶扔掉火把，转向士兵。

"放他们走。"

士兵们传着国王的口谕摇晃着站了起来。小山顶上再次传出了扒开鹿的尸体钻出地面的声音。此时，卑弥呼的头突然间冒出来，将那世所罕见的美妙姿容展现了出来。她在心中默默地草拟了一个拉拢耶马台的国王直接进攻奴国的计划。

"请留步，陛下。"卑弥呼说道，露出了一排蓓蕾般美丽的皓齿，向耶马台的国王投射着微笑，"陛下能带我们去王宫吗？我们将途经贵国的王宫。"

"啊，不弥的美人，你们准备途经王宫再回不弥？"

"卑弥呼！"诃和郎叫道。

"等一下，这意思是让我们通过耶马台吗？"卑弥呼抓着诃和郎的手腕说道。

"卑弥呼，我们走错路了。如果现在绕道去耶马台的话，我们的心愿可就要延期了。"

"那就绕一下呗。"

"我们的心愿可是刻不容缓的呀！"

"诃和郎呀！比起不弥的王宫，耶马台的王宫离奴国更近。"

"尽快回不弥！"

"绕去耶马台。"

"卑弥呼！"

诃和郎怒目而视，一把甩开了卑弥呼的胳膊。此时，一直站在反耶身旁，盯着卑弥呼看的弟弟——独眼龙反绘，将抱在腋下的海螺扔向诃和郎的眉间。诃和郎踉跄地将手伸向剑柄的圆头处。反绘向诃和郎的胸口猛扑过来，诃和郎被扑倒在地，顺手拔掉身边的荆棘扔到了反绘的脸上。一名士兵将鹿的尸体扔向诃和郎，紧接着，又有几个士兵把火把扔到了正要跳起身来的诃和郎的胸口，火把撞在胸口上就像被踢散的花朵那样四处飞散。

"给我绑了！"反绘喝道。

几个士兵拿藤蔓将诃和郎五花大绑了起来。

"陛下，饶了他吧！他是我丈夫，就饶了他这回吧！"卑弥呼向国王跑去。反绘将被藤蔓绑住的诃和郎的身体吊在一根橘树枝上。卑弥呼又从国王的身旁跑向诃和郎。

"饶了他吧！他是我的丈夫，放过他吧！"

反绘抱起卑弥呼，回头看向士兵，对他们说道：

"带上不弥的美人，我们下山。"

一群士兵涌到卑弥呼身旁。转眼间，她的身边就浮现出好几个士兵的头，他们边跳边从橘树枝下向着山脚的方向走去。

诃和郎就那样耷拉着，用脚狠狠地踢着橘树枝，瞪着远处反绘背上的卑弥呼的身影。士兵们的火把晃动着，就像山谷中的烟气一样飘荡在夜雾之中。

"还我妻子！把妻子还给我！"

橘树枝上，石榴果粒般大小的血滴从诃和郎的口中滴了下来，他不断朝着那远去火把的方向荡去。此时，有一名武将从士兵之中走出来，独自返回山腰。那人就是国王的弟弟反绘。他站在芒草丛中，独眼瞄准了山上摇晃着的一根橘树枝，张弓搭箭射了过来。黑暗中的橘树枝又是一阵猛烈的摇晃。诃和郎的头就像被猎人捕获的猎物那样，无力地垂到了被箭射中的胸口。不一会儿，浓雾将火把的光芒包在其中，染上了一层迷蒙的光晕，从乱糟糟的芒草原野上静静地飘向诃和郎的四周。

十五

当耶马台的士兵回到了宫殿的时候，卑弥呼将被独自送进一间关押俘虏的石窟里。耶马台国的习惯之一就是将幸运的他国旅人安顿在这里。她住的石窟是由很深的石灰洞改建而成。几根钟乳石的柱子从高高的起着褶子的天花板岩壁垂下。而且，在狭小的正方形石窟入口处，还降下了粗榉树的格栅门，门前站着一名背部和胸口处画着无数细蜥蜴的画，刺着一只大蜥蜴刺青的奴隶。他的头上缠着用马兰汁浸染的蓝色苎麻布，腰上别着块缝合的鼬鼠皮。

卑弥呼被士兵押了进去，就这样面部朝下地扔在铺满干草的地上。夜深了，士兵们因为过度疲劳而呼呼大睡，吵闹声渐渐平息，耶马台的宫殿也安静下来。接着，石窟中听到了从迷雾森林传来的猫头鹰和狐狸的叫声，和不久之前卑弥呼被卑狗大哥搂在怀里的时候，所听到的森林中猫头鹰的声音极其相似，那次他们一起度过了一个平和的夜晚。而就在几天前的夜晚，她在诃和郎的怀中也听到了与现在相似的狐狸的叫声。

"啊，诃和郎啊！如果我听你的话直接绕去不弥的话，我现在应该还和你在一起吧。啊，诃和郎啊！原谅我吧，虽然我爱卑狗，却让你因我而受伤。"

卑弥呼抬起头望了一眼格栅外。外面，一名将弓挂靠在脖子上的奴隶，在快要熄灭的篝火旁，双手挂着干草，窥视着石窖。她靠近格栅，对着这胆小如鼠的奴隶的一对细长眼嫣然一笑，同他说道：

"来呀。"

奴隶眨着沾满了眼屎的倒睫毛，张大了嘴巴挺了挺背，弓从他的肩头滑了下去。

"猎鹿的那个晚上你也在场吧？"

"我在场。"

"你见过站在我身旁的男人吗？"

"见过。"

卑弥呼拿下了挂在脖子上的勾玉，扔到他的膝盖上。

"你到山上去找他，然后带他过来。到时候给他看这块玉就行了，事成之后这玉就归你了。"

奴隶拾起了她的勾玉挂在自己的脖子上。勾玉在他的胸口，敲打着蓝色的蜥蜴刺青发出了声响。他仿佛是在玩赏着胸部多出来的拍档那样，独自微笑着抚摸起勾玉来了。

"天要亮了，快走吧。"卑弥呼说道。

奴隶站起身来，捂住胸膛，消失在夜雾之中。然而，不久之后，传来的不是那奴隶的脚步声而是一阵叩击石头的木靴声。卑弥呼再次望向格栅外，发现雾中站着的正是国王反耶。

"不弥的美人，你为什么不睡觉？我是耶马台的国王反耶。"国王对卑弥呼说道。

"陛下，这是耶马台的石窖，并不是我的寝宫。"

"并不是我让你住石窖的，石窖是用来留宿旅人的。如果这伤害到了你的话，那我就把我的房间让出来吧。"

"陛下，为何不许我和我的丈夫待在一起呢？"

"把你和你丈夫分开的人并不是我。"

"那你把我的丈夫叫过来，天一亮，我就回不弥。"

"你回去的那一天，我会赐马匹予你。在耶马台的宫里，你喜欢待多久就多久。"

"陛下，为何想将我留在此处？"

"像你这样的天姿国色，多留一天耶马台就多养眼一天。"

"陛下，把我的丈夫叫过来吧，我想和他待在一起。"

"天一亮，我就把你的丈夫，还有我的房间，都给你。"

反耶的木靴声在格栅前回响着，然后他的身影就消失在夜雾之中。洞中一隅，只见一串水珠正静静地拍打着岩石。

十六

反绘因为狩猎野鹿的疲劳以及醉酒，在他的计划中本应跑去卑弥呼身边的时候却睡过了头。就这样，当他醒来的时候，耶马台的宫殿沉浸在一片朝阳照射的金色云雾之中。他踩着烧尽的火把残骸，在雾蒙蒙的庭园中，穿过堆得像堤坝一样的野鹿尸体。因睡眠不足，他的脚踩在从鹿堤流出来的鹿血上险些滑倒。在远处的麻叶丛中，只看到野牛群露出的黑背，正朝着森林的方向走去。然后，就看见那最后的牛背突然加快了脚步飞速离去，一名由于刺青的缘故而看上去上半身发青的奴隶，背着一具被鲜血染红的身体，慢慢地在麻叶丛上浮现了出来。反绘正斜穿过庭园，站着眺望卑弥呼的石窖的时候，奴隶身上的蜥蜴刺青进一步扭曲，踏上了经过石窖的岩石。反绘狠狠地瞪着奴隶，那只独眼在强烈扭曲的鼻梁旁闪耀着寒光。

"啊啊！诃和郎！"从石窖中传来了卑弥呼的呼喊声。

奴隶将背上红色尸体的胸部靠在了石窖的格栅上，为了不让尸体躺倒，他还撑了下尸体的背。透过格栅的缝隙，卑弥呼伸出那双纤纤玉手，抬起诃和郎垂下的头颅说道：

"啊，你就这样死了，留下仇恨独自去了。你也因我而死！"

奴隶放开了撑在尸体背后的手，露出了喜悦的微笑，他用双手揉着挂在脖子上的勾玉。诃和郎的尸体蹭着格栅滑倒在地。

反绘那长着长毛的健壮小腿搅动着雾气，冲着石窖跑来。

奴隶蹲着身子正想要抱起诃和郎的尸体，听到脚步声后转过身去，只见反绘在咬牙切齿，露出一口白牙怒气冲冲地逼了过来。奴隶像被吹飞一样跳了起来辩解道：

"这勾玉是她送我的，这是我的玉。"

他一边按着胸口的勾玉，一边冲破了紫杉和扁柏之间张开的蜘蛛网，逃进了森林里。

反绘来到石窖前，握着格栅窥视着里面。

卑弥呼就坐在倒在格栅外面的诃和郎对面。

"旅行的女人啊。"反绘用额头顶着格栅说道。

卑弥呼指着诃和郎，怒视着反绘喝道：

"这就是你的猎物！"

"别这样，我可是和你一起下的山。"

"你的箭射穿了我丈夫的心脏！"

"我一直待在你的身边。"

"是你的手拉开了弓弦！"

"射死你丈夫的是那个奴隶。"

"是我让奴隶去接他的。"

反绘捡起了被奴隶遗忘在这里的弓箭，穿过残破的蜘蛛网飞速潜入森林之中。然而，映入他独眼的却是被迷雾包围着的老杉树下践踏凤尾草而形成的一条小路。他沿着这条小路向森林深处进发。但是，他的那只独眼看到的只是不断飞起来遮蔽着从茂密的森林缝隙中射进来的丝丝朝阳光芒的山鸡，和笼罩在迷雾之中扭动着身子的野牛那朦胧的黑背。这里，只有露水打湿了的反绘坚硬的角发。但是，那条小路止于一棵粗壮的香榧树前。他停下脚步环视了一下森林。一串露珠从头顶上猛地滴了下来。反绘猛然抬头一看，在香榧树杈间，奴隶的蜥蜴刺青看起来就像青瘤那般显眼。反绘瞄准蜥蜴张弓搭箭。接着，奴隶抱成团从树杈上滚落下来，就像是成熟的果实自然落下一样。反绘向伸出舌头趴倒在地的奴隶靠近。这时，他看见从奴隶的头发上掉出来一串勾玉，挂在折断了的凤尾草绿叶上，被露水濡湿了，闪闪发光。他摘下那串勾玉挂在自己的脖子上。

十七

雾气渐渐消散，树木的身影在朝阳的照射下慢慢地鲜明起来，从升起炊烟的矮竹屋里传来了敲打木头声和嘈杂的吵闹声。石窖中，卑弥呼依然隔着格栅呆看着躺倒在地失去灵魂的诃和郎的身体。仅仅数日之内，第一任丈夫被刺死，第二任丈夫被射杀，此等悲痛无以言表，她早已流干了眼泪。她从干草上起身，望着诃和郎的尸体。角发已散乱，血迹斑斑的诃和郎依然躺倒在格栅外。她又再次扑倒在地上，胸口插着长剑的卑狗的幻影，在这充满干草味道的石窖中浮现出来。她只是茫然地看着晨晖缓缓消融，此时此刻，一直以来胸中满溢的悲伤，忽然化为愤怒，爆发出来，这是她对享有特权而肆意使用暴力的暴虐男性的反抗和怨恨。她的眼神随着剧烈起伏的双肩，像汲取周围的冷气那样变得越来越冷漠。忽然，她的眼角瞥见了从芳草萋萋的地平线上升起的一股烟柱，那股烟柱穿过薄雾直冲云霄，盘旋着犹如一圈张开的翅膀，渐渐地占满整个天空。她站起身来，抓着格栅，对着烟雾高声呼唤道：

"啊！大神触碰了我的双手，我将升入高空，地上的国王啊，好好地看着我，我将如同你头上高悬着的日轮那样熠熠生辉！"

从石窖格栅缝隙处浮现出来的卑弥呼的微笑，已不见了与卑狗和诃和郎相处的欢愉过往。取而代之的，是潜藏在她灿烂微笑之中的怨恨和残忍的征服欲。

十八

　　耶马台宫殿的年轻人一一醒来，他们争相涌入宫殿的花园，想要一睹传说中鹿之美人的芳容。有的人怕她饿着，还带了小鹿最喜欢的大颗浆果和百合鳞茎。然而，他们谁都没能找到鹿之美人，很快花园里堆积如山的鹿的尸体就被他们翻得七零八落。这时，一名遵从国王反耶命令的随从，神情肃穆地向正前方笔直地走去，从他们身边经过，向着石窖方向爬了下去。有几个年轻人立刻紧跟在他后头。随从来到了石窖门前，打开栓子升起榉木格栅，然后跪了下来。

　　"陛下在等您。"

　　不久，那群年轻人就看到了在昏暗石窖之中现身的卑弥呼的倩影，他们不约而同地抻长了脖子停了下来。她试着抱起倒在入口处的诃和郎，却根本抱不起来。

　　"陛下在等您。"随从再次对她说道。

　　为了让随从看清，卑弥呼抬起了诃和郎垂在胸口的脸。

　　"让他陪我一起去见陛下。"

　　"陛下只要您一个人过去。"

　　"我会请求陛下同意的，让他和我一起去，带上他吧。"

随从背着诃和郎的尸体转身离去。卑弥呼拍掉了乱发和衣裳上的干草碎屑，跟着随从登上了石坡。那群年轻人左右分开，在一旁偷偷地看着她的脸。就在她的倩影即将从他们面前经过，消失在高高的亚麻波浪中时，他们才弯着腰静静地朝着她离去的方向走去。他们摩肩接踵走在狭窄的通道中。这时，其中一个拿着百合鳞茎的年轻人在后方开口说道：

"鹿中的美人到林中了，她进入森林了。"

那些年轻人又朝着他的方向转过身来，跟着他从石窖快步进入森林。

十九

高廊上回荡着卑弥呼的脚步声。国王反耶命童男打开竹门。雾色中，几只仙鹤在粉色的胡枝子花坛上翩翩起舞。这时，晨曦被一座山峰遮掩，花坛顿时笼罩在一片紫烟之中。

不久之后，卑弥呼跟着随从出现在众人面前。国王站起身来对她说道：

"旅行的女人啊，你可以任选一间喜欢的房间，选好之后，我将为你装饰。"

"陛下，"随从的膝盖上放着诃和郎，他跪拜着说道，"我是遵从女人的话，才带上了这具年轻人的尸体的。"

"旅行的女人啊，你的衣服被鹿血弄脏了，我送你一套新的耶马台的服饰。"

"陛下，这具年轻人的尸体就躺倒在石窖前。"

"快扔了吧，我可没让你把尸体也带来。"

"陛下，这具年轻人的尸体就是我的丈夫。"卑弥呼说道。

反耶的红唇微微动了一下，难掩喜色，连两端的皱纹都更深了。

"啊啊——你的丈夫因我而死。穿上吧，就当是我的一份心意，穿上这套我送给你的服饰吧。"

国王回头看了看躲在角落里的一个童男。童男来到卑弥呼的面前，双手捧着一套桃色的服饰。

"陛下，"随从抱着诃和郎说，"该如何处置这具年轻人的尸体？"

"旅行的女人啊，你准备如何处置你的丈夫？"

正在这时，高廊的踏板因一阵狂暴的脚步声震动起来。人们望向入口处，只见反绘怒气冲冲地进来。

"大哥，旅行的女人逃跑了！石窖口是开着的。"

"陛下，谁想要我丈夫的尸体那就给他好了。"卑弥呼说道。随从将膝上诃和郎的尸体抱起，塞给了堵在入口处的反绘。

反绘解开诃和郎散乱的角发，独眼望向卑弥呼，道：

165

"我替你杀了那个奴隶，那个奴隶才是射杀你丈夫的凶手。"

"住口，想要我丈夫命的人是你！"卑弥呼喝道。

"旅行的女人，跟我去森林吧，我的箭就插在那奴隶的胸口。"

卑弥呼转过身去背对着反绘的独眼。她解下了旧衣服上的束腰带，然后又解开了衣服侧面的结。衣服从她细嫩光滑的肩膀滑落到毛皮上，露出像剥去叶子的仙桃那样诱人的胴体。

反耶瞪大了双眼，看着她那圆润的腰部曲线。她静静地朝着童男献上服饰的方向走去。晨曦穿透了迷雾，跃出一道七色的彩虹，花坛上的仙鹤拍打着翅膀，侧面胸口的羽毛时隐时现。而反绘的独眼则盯着她那对高耸的乳房出神，乳房微微颤动着，就像是一对挑逗反耶铜剑的鸽子头。新衣服拂过童男捧着服饰的指尖，卑弥呼的胴体卷进了衣服的一端，接着，她环视着这间屋子。

"陛下，就这间屋子吧，我就住在这儿了。"

她悄悄地走近反耶。接着，背过身去向国王展示新衣服的两端，靠在他的胸前回眸微笑道：

"陛下，我好喜欢耶马台的衣服，你帮我把背上的扣子也系上吧。"

反耶一边盯着卑弥呼，一边拿起衣服的两端，欢喜之情溢于言表，就连胡须也在她华美绢服的照射下放出绯色的光芒。

房间里，诃和郎的尸体从反绘手中滑落在地，发出一阵声响。反绘垂下的双手上，十个手指就像抬起头的十只春蚕一样动了起来。他喘着粗气，身上的胸毛若隐若现，不由自主地向卑弥呼靠近。

反耶帮卑弥呼穿好衣服后，双手从卑弥呼的身后搂住了她的肩头。她却突然从他的怀中翻身跳了出来，在一边翩翩起舞，两颊荡漾着妖艳的笑容。然后，她又向冲她而来的反绘飘了过去，一双纤纤玉手缠在他刚强的颈项上。

"嗯哼，为了我你可以击杀我的夫君，如今我能住在这中意的耶马台宫殿里也是多亏了你。"

"旅行的女人啊，是我射杀了你的夫君，也是我射杀了那个夺走你勾玉的奴隶，谁敢伤害你我就杀了谁！"

反绘的粗眉毛将塌下来的眼睑吊高，摆出一个柔和的表情。然而，反耶抱着空气的双手慢慢地垂了下来，他握着剑刺向地板，向随从喝道：

"将这年轻人的尸体拖走！把宿祢叫过来！告诉他，让他去剥死鹿的鹿皮。"

随从想从地上抱起诃和郎的尸体，卑弥呼从反绘的怀里跳了出来，突然抱起随从手上的诃和郎，趴在毛皮上痛哭起来。

"诃和郎，你说过要带我回不弥的，如今我身在耶马台的宫殿，而你却与我天人永隔！"

反绘从脖子上取下奴隶的勾玉，来到卑弥呼的身边。

"旅行的女人啊，我把从奴隶那儿夺来的勾玉还给你。"

"旅行的女人啊，起来吧。我们会将你的丈夫厚葬在阿久那山上。"随从抱走了诃和郎的尸体对她说道。

"陛下，借我匹马，让我回不弥吧，我想将我的夫君葬在不弥的山上。"

"你的丈夫已经死了。"

"早上我来的时候就说好了，让我回不弥，刚到晚上就反悔了？借我匹马吧。"

"为什么你非要回不弥？"

"为什么你非要强留我？"

"因为我要你！"

卑弥呼的脸上再次绽放出灿烂的微笑，她把双手搭在反耶的肩上，对他说道：

"嗯哼，那我就留在你的宫殿里好了，反正我的丈夫已经变成了一具尸体。"

"旅行的女人，我也想要你！"反绘边说边向她靠近。

卑弥呼对反绘报以同样灿烂的微笑，转过头来对他说道：

"我不回不弥了，我和你们一起留在耶马台的宫殿里。恳请陛下让我先睡一会儿吧，我已经在马背上睡了好几晚了。"

"王兄，你可以离开这个房间了。"反绘说道。

"你的猎物是那具尸体，带上你的猎物离开这里。"反耶反击道。

卑弥呼夹在二人之间，她轻柔地搭着反耶的肩膀将他推到入口处。

"陛下，我要歇息去了，要是睡醒了立刻就唤您过来。"

"不弥的美人，也要叫我啊，比起哥哥来，我更爱你。"

反绘耸了耸肩，瞪着国王，走出了房间。

"睡吧，美人儿，等你睡醒了，我立刻着手为你布置房间。"

反耶正对卑弥呼低声私语时，门外传来反绘高高的铜锣般的嗓音。

"王兄，可以出来了吧！我可比你先走啊！不弥的美人儿，可以放王兄走了吧！"

反耶皱起眉头向门口走去。童男跟在他的身后也走了出去。最后走的是随从，他抱着诃和郎的尸体正要出门的时候，卑弥呼从他手中一把夺走了诃和郎，在后面粗暴地关上了竹制的拉门。

"啊，诃和郎，请原谅我吧，我一定会为你报仇雪恨的！"

她坐在地板上，把自己的脸颊贴到牙关紧闭的诃和郎的脸上。那冰冷尸体的触感，很快就幻化成卑狗大哥脸颊的触感传到了她的脸上，顿时，她泪流满面，眼中泛满泪花。

"大哥呀，那时你就像抱小母鸡那样将我拥在怀中，我们

169

是如此相亲相爱不分彼此。啊，大哥，你到底去了哪里，回来吧！"

她双手抱头站了起来。

"大哥，大哥，我一定会为你报仇的！"

她踉跄地在屋里走着，脱下来的旧衣服缠在她的一条腿上，当她的双脚踩入厚厚御座的缝隙时，"砰"的一声被绊倒在地。

二十

反绘像条看门狗一样蹲在卑弥呼关上大门的房前。前方的广场上，士兵们一边唱歌一边剥着鹿皮。他们的剑随着猥亵的叫声一同刺入了鹿的腹部，转眼之间，鹿就被三人一组的士兵们剥了个精光。不久之前还堆积如褐色小山般的死鹿，之前比麻叶丛还高，现在不断下降，与之相对应的是，晴朗的天空中珊瑚色的鹿山却慢慢高耸起来。休息的士兵们在沾满鹿血的草地上角力。宝物库后面的矮竹屋中，为了准备狩猎结束的宴会，正在制作速成的鹿腌菜。士兵们把从广场运来的光鹿同盐块一起扔进埋在地下的大缸里，之后他们在上面焚烧枯叶。另一边，为了补足酒的缺口，士兵们正在压榨从森林采摘来的黑松针，用黑松针榨汁来酿酒。这里的士兵非常喜欢这项工作，所以不仅效率很高，歌声也比其他同伴的歌声更有气势。

反绘时不时地从门缝中偷窥，可以依稀听到从昏暗的房间中不断传来的那一丝安睡的气息。他皱起眉头在房前来回踱步。但是，当广场上士兵们的喧哗声越来越大的时候，他终于还是从高高的栏杆上跳了下来，朝着那个方向跑去。现在，就属麻草地里正进行角力的一群人最吸引人。反绘挤到他们当中，冲到了一直取胜的那名士兵面前。

"我来。"他边喊边将一只手搭在那个士兵的大腿上。士兵跳着脚身体上浮，被反绘举过胸口，接着，反绘就将他扔到了草地上，并举起自己的大手。

"谁能打败我，这把宝剑就归谁，再来。"

正在此时，反绘的眼角瞥见了反耶手下那两个抱着白鹭羽毛束的随从，正从光鹿的小山之间穿过，向着卑弥呼的房间走去。反绘渐渐垂下展开的双手。

"好！我要赢你。"某人说道。那是刚刚被反绘扔倒在地的士兵真油。他站了起来，用沾着血的角发向反绘的腹部突进。

"放手！给我放手！"反绘吼道。然而，他的身体就像小船一样弯曲着，被真油背在了背上。下一个瞬间，映入他眼中的是被踩踏蹂躏过的绿草，仿佛浮现出微笑面对反耶的不弥美

171

人的俏脸，然后，他一个倒栽葱摔在了草地里。

"宝剑归我了，我赢了，我赢了你。"

真油高兴地蹦了起来，脸上挂着灿烂的笑容。愤怒的反绘就像弹簧一样弹了起来，飞起一脚踢中了跃在空中的真油的腹部。真油惨叫一声，倒在了地上。与此同时，反绘回头望向卑弥呼的房间，他从慌乱的士兵们头上看到了消失在拉门中的随从那黄色的背影。

"真油死了！"

"真油被踢了一脚！"

"真油的肚子被踢破了！"

广场上士兵们的歌声停了下来。四处草丛中的士兵们向动弹不得的真油这边涌了过来。反绘却恰恰相反，他直朝着广场外跑去，他越过死鹿，在涌过来的士兵群中突围，从麻叶丛中笔直地朝着随从们突进。

拉门内侧，两位随从一边注意着卑弥呼的睡容，一边将白鹭的尾羽插进周围圆木的缝隙。

反绘冲进房间，抓起其中一名随从的脑袋，将他扔到了地板上，随从怀中的白鹭尾羽也飞散了一地。

"饶了我吧，是国王命令我装饰房间的。"在一边打滚一边求饶的随从上方，白鹭的羽毛像被打散的花瓣那样漫天飞舞。

反绘一边挥着拳头一边踢着随从的腰喊道：

"滚出这个房间！滚出去！给我滚！"

两个随从立刻拉开门逃了出去。这时，另外两个抱着龙胆花和胡枝子的随从也进了屋。反绘迫近二人身侧，夺走了其中一人抱着的一捆胡枝子，持续敲打着他的额头对他们吼道：

"滚出这个房间！给我滚！滚出去！"

"大哥，我们只是依国王的命令行事而已。"

"滚！"

"大哥，你这样做会让我们挨鞭子的。"

"快滚！"

两个随从只好出去了。紧接着，又来了两个随从，他们肩扛鹿角进了屋。反绘正站在散乱的羽毛和胡枝子花中，看着卑弥呼的睡颜。他听到动静后一回头，就看到那两个随从将鹿角扔在地上，空手飞快逃向拉门的身影。反绘拾起了扔在地上的白鹭尾羽和龙胆花，学着随从的样子将它们插进圆木的缝隙中。他时不时地会停下来看看卑弥呼的俏脸。然而，每当他看向卑弥呼时候，睁开细长妙眸偷瞄他的卑弥呼，都会再次装出沉睡的样子。

"不弥的美人，"反绘那张狂野的脸上浮现出谄媚的微笑，对她唤道，"不弥的美人，看哪，我正在装饰着你的房间。不弥的美人，起床啦，我在帮你装饰房间呢。"

卑弥呼继续装睡。这里只余下了反绘那谄媚的微笑，渐渐地消失在他孤独寂寞的身影中。他靠近卑弥呼的俏脸，单膝跪地，用双手抚摸着她苍白的脸颊。他的胸口因为紧迫的呼吸而剧烈起伏着，手中捏着的胡枝子花瓣也和手背一起在她的脸颊上不住地颤抖着。

"不弥的美人，不弥的美人。"他叫道。他的紧张这时突然转变成了渴望的冲动。他张开血盆大口，独眼中泛着苍茫的寒光，抚摸她脸颊的双手也停了下来，慢慢向卑弥呼的胸部伸出魔爪。就在这时，含恨的獠牙出现在他的面前，他看到了从鹿的毛皮处望向他的早已死透的诃和郎的脸。燃起了原始欲望的反绘的独眼，转眼间充满了恐惧。但是，在下一个瞬间，又转变成了接受挑战的激情之光。于是他站了起来，将诃和郎的尸体连同毛皮一起抱住。他粗暴地拉开大门，走过广场，斜穿过森林，来到凸出的悬崖边，将诃和郎的尸体扔下了悬崖。诃和郎的尸体在悬崖下缥缈无边的森林波涛上方盘旋了几圈，最后一头栽进了闪闪发光、一片寂然的绿色之中。

二十一

夜幕降临，浓雾再次从森林和山谷中涌来，飘浮在召开狩猎后宴会的耶马台宫殿之中。庭院中的草场上，篝火在雾中噼噼啪啪地燃烧着。篝火周围，妇女们穿着混染红色虎斑纹的衣服，在年轻男人们的簇拥下翩翩起舞。跳累的年轻人一边唱着歌一边聚集到草丛中并排摆着的酒瓮边。也有些人会牵着自己爱人的手，消失在篝火照耀不到的森林里。国王反耶被兴奋不已的大夫们轮番敬酒，渐渐酒力不支。他以违反王命为由，对那五位奉命装饰卑弥呼房间的随从实施体罚。五个随从在全副武装的士兵的包围下，不停地被鞭打着，直到国王下达停止的命令为止。他们的背上不断响起竹根鞭的咆哮声，混合着草园篝火旁的酒乐之歌，显得越发杂乱无章。这时，从遥远国境线上的一座山峰升起了一道火柱，随着雾色逐渐加深，火柱也慢慢变成了暗铜色，抗命者的后背开始绽裂，顿时血流不止。他们被打趴在地上，一边扯着草一边尖叫。反耶看着痛苦不堪的他们，觉得有必要向卑弥呼展示一下他的威风，于是就向她的房间走了过去。不知为何，反耶总觉得如果她不在耶马台宫殿的话，就根本没有必要对他们施加如此严厉的惩罚。但是，当反耶拉开卑弥呼房间拉门的时候，看到一个男人正蹲在身穿毛皮横躺着的不弥美人的身旁。那人就是他的弟弟反绘。

"不弥的美人，同我一道来，为了你我正在处罚违抗我命令的随从，我命令他们装饰你的房间。"

"饶了他们吧。"卑弥呼起身说道。

"反绘，你可以从这个房间出来了吧，酒宴和舞蹈在那边。"反耶回头看了看反绘，对他说道。

"王兄啊，王后一直在等着和你一起跳舞。"

"不弥的美人，来呀，我是特地过来叫你的。忘记装饰你房间的随从后背，已被鞭子抽得皮开肉绽。"

"饶了他们吧。"卑弥呼求情道。

"好吧，我替哥哥饶恕他们。"反绘一边说一边向拉门走去。反耶却挡在了他的面前。

"等等，罚他们的人是我。"

反绘甩开哥哥的手向拉门走去。反耶靠近卑弥呼，握着她的小手对她说道：

"不弥的美人啊，酒宴早已准备妥当，和我一起去赴宴吧。"

"王兄，和不弥美人一同赴宴的人是我。"反绘从拉门旁回头看着反耶，对他说。

"快走，你快去赦免随从的罪吧。"

"不弥的美人，与我一起共赴酒宴吧。"反绘再次回到了卑弥呼身边。

"陛下，请不要让我出席酒宴。你陪我在房间里待一会儿吧。"

卑弥呼牵着反耶的手坐下。

"不弥的美人，不弥的美人，"反绘气得发抖地瞪着卑弥呼，"和我一起离开这个房间。"

他一把抓住卑弥呼的胳膊，想拉着她走出房间。

反耶站起身来拉住她被拽着的手，说：

"不弥的美人，别去了，就和我在一起吧，我就陪在你的身边。"

反绘想撞开反耶，就冲着他的胸膛撞了过去。正在这时，卑弥呼用那柔软的小手挡住了反绘的身躯，对反耶说道：

"陛下，陪我去随从那儿吧，让我来赦免他们吧。"

她独自站起身来拉开门走了出去。反绘和反耶跟在她身后一同跑了出来。但是，当他们走到庭院时，那五个随从早已咽了气，尸体就咬着土躺在地上。士兵们一看到国王的身影，将打累了的手又重新蓄上力气，再次铆足了劲儿朝着尸体挥下鞭子。

"好了，别打了。"反耶命令道。

"陛下，他们都已经死了。"一名士兵向他报告。卑弥呼回过头来指着反绘的胸膛。

"杀他们的凶手就是你！"

反绘就像不能说话的哑巴一样，只是扯了一下嘴角，呆呆地注视着卑弥呼的脸。

"来吧。"

反耶叫着卑弥呼，拉起卑弥呼的手，将她带到了酒宴大厅。

"等一下，不弥的美人，等等我！"反绘一边喊一边朝二人追了过去。

二十二

卑弥呼被带到铺着竹席的酒宴大厅。在火光照耀下的绿色柏叶上，排列着用花椒汁洗过的山蛤、山蟹、生姜、鲤鱼、酸浆果和尚未上色的猕猴桃肉。取下盖子的餐具中，则盛满了用新鲜笔头菜包裹着香气扑鼻的鹿肉和猪肉制成的酱菜。在火把的辉映之下，一旁素陶制的大酒瓮里，稻米酿制的各种白酒香气四溢。一名早已喝得醉醺醺的色鬼宿祢，再次坐到国王身后，一边淫笑一边测量着侍女乳房的重量。卑弥呼拿起酒勺正准备给举着杯子的国王斟酒，反绘却粗暴地跑过来，他夺下国王的酒杯对卑弥呼说道：

"不弥的美人，杀死随从的是哥哥，你也要给我斟酒。"

"等一下，陛下可是你的兄长，快把酒杯还给陛下。"卑弥呼说道，从反绘伸过来的手中，柔柔地接过了那只酒杯。

"陛下，是你将我留在了耶马台。从今天起，就把我留在你的身边吧。"

"那是当然，不弥的美人。"反耶说着，向她伸出手来。

"陛下，你可曾见过不弥的公主？"

"把酒杯还给我吧。"

"陛下，我就是不弥国的公主，我这就把我的勾玉送给你。"

卑弥呼从脖子上取下勾玉，挂在反耶的脖子上，反耶痴痴地注视着她的俏脸。

"陛下，我和我的丈夫是从奴国逃过来的，奴国的王子灭了我们不弥。你爱我吗？我就是不弥的公主卑弥呼。"

"啊，卑弥呼，我当然爱你啦。"

"那你爱奴国吗？"

"我只爱你的国家。"

"嗯——也就是说你也爱不弥啰？如果你真心爱不弥的话，那就将耶马台的兵借予我。奴国是不弥的仇敌，我的父母都被奴国王子杀了，我已是国破家亡，你能为了我去攻打奴国吗？"

"卑弥呼，"站在一旁的反绘站直了身子，凑近她的脸说道，"我会攻打奴国，我对你的爱远胜我哥哥。"

"啊，你会为了我而攻打奴国啊，快坐，我来为你斟酒。"

卑弥呼立刻将对着国王的笑脸转向反绘，牵着他的手坐了下来。反耶顿时脸色大变，与欣喜若狂的反绘完全相反，眉间皱起了一个大疙瘩。

"卑弥呼，耶马台所有的士兵都是我的，反绘也只是我手下的一个小兵。"反耶说。

反绘一听顿时勃然大怒，他挥起拳头打得反耶的角发吱呀作响。

反耶抱着头倒在地上对着宿祢喊道：

"把反绘给我绑了，宿祢！杀了反绘！"

但是，在座的都已酩酊大醉。正当反绘打算骑到反耶身上而单膝立起的时候，卑弥呼挤到二人之间，扶起倒在地上的反耶。反耶将手上的酒杯砸到反绘的额头上。

"滚！滚！"

反绘再次向反耶扑去。卑弥呼将手放在怒不可遏的反绘肩上，又把打转的酒杯放在他手里，对他说道：

"别打了！既然你拿着我的酒杯，就有义务让我听听耶马台的歌，我也会唱我们不弥的歌给你听。"

"卑弥呼，我能调动耶马台的军队。比起王命来，耶马台的士兵还是更害怕我的手段。"

"你当然是无可匹敌，强得就像我们不弥的公牛一样，我从来没有见过像你这样强悍的人。"卑弥呼边说边给反绘斟满了酒。

反绘的脸就像很容易满足的孩童那样又喜笑颜开了，他气

180

势汹汹地将酒一口喝干。卑弥呼又转头看着她身旁一边瞪反绘一边紧咬嘴唇的反耶。她又拿起酒勺斟满酒杯递给他。于是，她就微笑着游走在二人之间，拿着酒勺轮流替二人斟酒。不一会儿，反绘那红铜般脸上的独眼，渐渐地浑浊起来。国王也开始不利落了，他就像小狗一样侧着脸睡了过去，片刻之后就把头垂到卑弥呼的膝上。现在，卑弥呼只等着反绘入睡。反绘从碗里抓起一大块鹿肉，双手来回胡乱地挥动，唱起歌来了。卑弥呼将他的手放在了自己膝上。

　　草场上的篝火渐渐暗淡下来。各处的草丛中都充斥着醉汉的呻吟声。于是，弥漫在宫殿内外的酒宴喧闹声也渐渐地平息下来，过不多久，在卑弥呼的膝枕上辗转反复的反绘也睡着了。卑弥呼环视着房间，谁都没有注意到她那越发清澈剔透的双眸，四周只有从狼藉的杯盘中流淌出来的酒气和鼾声。她瞪着顶块鹿肉睡觉的反绘。现如今，是她为诃和郎报仇雪恨的最佳时机，剑就挂在反绘的腰间，杀害她第二任丈夫的凶手就睡在她的膝上。但是，谁能代替反绘那强悍又宽厚的双肩，那样充满着狂暴力量的下巴，除了他这个国家又有谁能带兵攻打奴国呢？不用多久，他就会让长罗的人头落地。马上，她也将君临不弥、奴国以及耶马台这三国。如果真有这么一天的话，她将合三国之力，蹂躏长久以来相互攻击引发战乱的诸国暴君。她那清澈的眼瞳之中再次浮现出残暴的微笑，就像是一条游走在寂静夜晚的毒蛇一样。

"啊，地上的诸王，仰望我吧。我就如同你们头上的日轮一样熠熠生辉！"

她将反绘和反耶的头从膝盖上轻轻放下，悄悄地回到了自己的房间。然而，当她一个人独处的时候，又像过去每晚那样，在梦境中感受到了卑狗大哥的气息。他微笑着凝视她，用一双大手将小鸟依人的她搂到身旁。

"卑弥呼，卑弥呼。"

她一边听着卑狗的绵绵情话，一边又感受着他那如同大海般宽广的胸怀，自己就像散开的花束那样一头扎进他的怀中。

"啊！大哥呀，大哥，你到底去了哪里？"

她瘫倒在毛皮上。此时此刻她心中突然涌现出的怨气又猛地向着她一切悲伤与仇恨的来源——长罗喷发了过去，她已无法压制住内心翻腾奔涌着的疯狂报复的念头。

"还我大哥！把大哥还给我！"

她又站了起来，一边咬牙切齿，一边将插在圆木缝隙中的白鹭尾羽一根一根地拔出来扔掉。她又听到了卑狗大哥呼唤她的声音，她如同石像一样呆呆地立在那里，又像被风吹着的袍子那样依偎在圆木墙上，再次倒在满地的白鹭尾羽上。

"啊！大哥呀，大哥！为何留我一人独自离去？你到底去了哪里？"

二十三

反耶半夜醒来，身旁的不弥美人却不知所踪。他看到的只是自己手里握着的一只空酒杯，和顶着鹿肉睡觉的反绘那张开的大嘴。

"不弥的美人！不弥的美人！"

他刚要起身去卑弥呼的房间，就被反绘的脚绊了个趔趄。他也顾不了许多，踉踉跄跄地走近她的房间，拉开门走了进去。

"不弥的美人！不弥的美人！"

卑弥呼倒在散乱的白鹭尾羽上，一动也不动。

反耶走到卑弥呼身旁，单膝跪地，把手贴在她的背上轻声说道：

"起来吧，不弥的美人，我就在你的身边。"

卑弥呼借着反耶的力静静地仰躺在地上，泪眼婆娑，脸颊上沾着白色的羽毛，她默默地看着他。

"你为何留下我一人独自离开？"反耶问道。

卑弥呼一言不发地注视着欲火中烧的反耶。

"不弥的美人，我爱你呀！"

反耶颤抖着嘴唇，向卑弥呼抱了过去。卑弥呼就像石头一样漠然地委身在耶马台国王的身下。

这时，房外传来了沉重的脚步声。然后，她房间的拉门突然被打开，出现在那里的是反绘。他站在门口盯着二人。转眼间他的下巴就因疯狂的嫉妒而战栗不已。他龇着牙一言不发，猛然向反耶迫近。

"走开！滚出去！"反耶从卑弥呼身边站了起来对他喝道。

反绘一把抱起一脸惊恐想要逃跑的反耶，将他摔到圆木墙壁上。反耶一头撞在地板上倒了下去。反绘拔出腰上的剑，接着，这把寒光闪闪的长剑就刺进了刚刚跳起的大哥的侧腹。反耶惨叫着握紧长剑想要站起身来，反绘马上又在他的胸口上补了一剑。反耶挣扎着往卑弥呼爬去，抓着她的一只脚咽下最后一口气。但是卑弥呼却躺在那里一动都不动，只是淡然地望着国王的指尖。反绘再次站到如不见天日的影子一般、浑身铁青的反耶尸体旁。紧接着，手中的长剑掉了下来。静谧的房间之中，响起一声剑划过地板、横落在旁的声音。

"卑弥呼，我杀了我大哥！你就从了我吧。"

反绘蹲在卑弥呼身旁，狂乱的呼吸直接喷到她的脸上，他的双手搭在她的腰和肩上。但是，卑弥呼只是一声不吭地凝视着反耶的尸体。

"卑弥呼，我会攻打奴国的。我爱你！我要你！卑弥呼，你就嫁给我吧！"

她脸颊上沾着的白色羽毛，随着反绘的呼吸而摇动。反绘的双手微微用力箍在她的身上。

"卑弥呼！卑弥呼！"

他呼唤着她的名字，埋向她的怀里。她支起胳臂肘抵住反绘的胸口，平静地对他说道：

"等等。"

"你献身予哥哥。"

"等等。"

"而我杀了我哥。"

"等一下！"

"我要你！"

"奴国一日不亡，妾身一日不从。"

此时反绘正欲火难耐，他的脸痛苦地扭曲着。然而，他独眼之中的焦躁转瞬即逝，很快又闪现出野兽般的寒光，开始窥探起卑弥呼的脸。卑弥呼像翱翔的小鸟一样翻身跳了起来，捡起反绘掉落在脚边的长剑，摆好了架势。

"卑弥呼！"

"出去！"

"我爱你呀！"

"快去攻打奴国。"

"我会攻打的，你快把剑放下！"

"奴国有个叫长罗的王子，杀了他！"

"我一定会射杀他的，你就嫁给我吧。"

"如果你射杀了长罗的话，我就一定会嫁给你的。但是，现在先出去！"

"卑弥呼。"

"出去！奴国一日不亡，妾身誓死不从！"

反绘的独眼怨恨地瞪着卑弥呼。但是，不一会儿，他就像一只斗累的野兽一样拖着脚步走出了房间。卑弥呼身心俱疲，再次趴倒在地板上。她一想起自己那污秽的身体，就觉得一直守护着她的卑狗大哥的灵魂也将渐渐弃她而去，她的身体因恐惧和悔恨而颤动了起来。

"啊！大哥，原谅我，原谅我吧！不要离我而去呀！"

正当她握着剑哭倒在地的时候，突然从房外传来了反绘喜悦而又霸气的声音。

"卑弥呼，我这就去攻打奴国，很快奴国就会将像沙子一样溃散而去。"

二十四

在耶马台的宫殿内，没有一个人站出来反抗杀害国王的反绘。因为反绘的热血暴虐以及彪悍的实力在耶马台可谓是人尽皆知，就像不久之前的那个夜晚，国境线上出现的火柱一样让人不寒而栗。侍臣们在小山顶上为国王举办国葬。同国王灵柩一同下葬的还有象征两名宿祢和九名大夫的十一个陶俑。在灵柩上方，王后、国王的三匹坐骑和三名童男作为殉葬者也被一并活埋。除了贞淑的王后以外，其他殉葬者悲痛的哭喊声，随着秋风整日整夜地在皇宫上空回荡。随着他们的哀呼声渐弱，在下方耶马台的宫殿中，备战也在稳步推进。首先，命令部队去周围的森林狩猎野牛群，然后还要制造数以千计的标枪、盾牌和弓箭，除此之外还要将作为弓材的梓木和檀木挂在弓矫^①上进行矫正。反绘每天都在部队之间来回奔忙。然而，想要得到卑弥呼的欲望让他日益焦躁，于是他的暴行也愈发猛烈。一有空，他就会从战战兢兢忙着备战的部队中抽身，去到卑弥呼的房间。他迫近她诉说着胸中的欲火，但是，卑弥呼却不断拔出手中一直紧握着的那柄剑，而她的回答总是如此坚定：

"慢着！奴国一日不亡，妾身誓死不从！"

每次反绘都只能默默地跑出房外，之后他的剑上也一定会染上某个士兵的鲜血。

---

① 矫正弓材曲度的工具。——译者注

二十五

奴国的宫中，长罗自失去卑弥呼的下落以来就一直躺在屋子里长睡不起。他每天都在等着到处寻找卑弥呼下落的士兵回来。但是，他们回来后也只是默默地放下手中的弓箭，换上农夫的装扮而已。童男端过来的美食长罗连碰都不碰。不仅如此，他甚至都懒得搭理愿意辅助他的硕果仅存的祭祀宿祢。他那伟岸的身躯又渐渐变回被逐出不弥回到奴国时的样子——瘦成一根长矛。

宿祢已洞悉了他的病根，苦口婆心地劝长罗喝点蚯蚓、酢浆草和童女月经混合的汁液。然而，长罗连这也不想喝。宿祢计划在奴国宫内选美，将其中的佼佼者送到长罗屋内。但是，连续两日选出来的美少女都没能打动他，甚至连他紧闭着的嘴唇都一动不动。宿祢愁容满面，只好亲自出马，翻遍整个奴国以期能寻找到打动长罗的天姿国色。有女儿的母亲，都将自己的女儿打扮得楚楚动人，让她们装饰好秀发站到门外。她们一看到比自己女儿还漂亮的姑娘，就会在宿祢的身后大嚼舌根，说那些姑娘过去的行为不够检点。不过出乎所有人预料的是，第三轮选美的优胜者竟然是讷和郎的妹妹香取。但所有的母亲都没有难为香取的意思，虽说自己女儿的殊荣被她夺走。因为她们都知道香取的父亲——宿祢大人是被长罗所杀。香取的父亲惨死后，哥哥又流亡在外，她只能孤身一人等待着哥哥的归来。她并不认为杀害她父亲的长罗是不共戴天的仇人，她真正的仇敌是不弥的公主卑弥呼，是她夺走了她默默深爱着的王子长罗的心。而杀害她父亲的真凶也是她，正是她的出现才让长罗对父亲痛下杀手。在那个被选中的吉日的清早，香取坐上了宫里来的牛车，动身前往宫中。她比选中的任何一名少女都更清楚宿祢选她的理由，也更能感受到自己身上的担子有多重。她身着一袭淡紫色的华服，脖子上挂着翡翠勾玉，如瀑的秀发上戴着一串玛瑙，双臂戴着一对鹰嘴制成的镯子。右手的五指上还戴有五只戒指，那可是她母亲的遗物，一直以来她对这些金戒指都爱护有加。下了牛车之后，一名童男带着她来到了宿祢的屋子。宿祢仔细打量了一番后，露出了满意的微笑，指着长罗的屋子对她说道：

"进去吧。"

香取依命向长罗的房间走去。走到杉木门前，她紧张地停下了脚步。

"去吧。"宿祢的话音再次从她身后响起。

她将手放在杉木门上。但是，若是输给了不弥的那个女人又该如何是好？如果让奴国的妇女们蒙羞又该当何罪？

"去吧，孩子。"宿祢又鼓励了一声。

她的胸部因急促的呼吸而起伏不定，与此同时她也下定了决心，紧闭着的红唇也因此而颤动不已。她稍稍用力静静地推开杉木门，她长久以来默默爱着的人就躺在毛皮上酣睡着。不过她印象中那英俊的长罗现在已眼窝深陷，胡子拉碴盖住隆起的下巴，双颊凹陷如同饥饿的鹿。

"王子，王子。"

她跪下身来轻声呼唤着长罗。随着呼唤声，她秀美的脸上更染上了一层粉色的光晕。然而，长罗依然在她面前酣睡。她向长罗跪行了过去。

"王子殿下，王子殿下。"

长罗突然直起了上半身，一双炯炯有神的眼睛环顾着屋内的各个角落。终于，他注意到了跪在身前的香取。顿时，那双充满热情、闪耀着光芒的眼睛眯了起来，光华尽失。他又闭起双眼无力地瘫倒在毛皮上。香取的脸色变得煞白，她伏倒在地，接着又像弹簧一样再次抬起头来，苍白的脸上满是泪光。她颤抖着向长罗倾诉道：

"王子呀王子！一直以来我都爱着你呀！王子呀王子！一直以来我都深深地爱着你呀！"

突然间她收了声，整理了一下仪容端坐下来。她安静地摘下了头上的玛瑙串，取下了脖子上的勾玉，淡然地凝视着长罗的睡颜，鲜血从她的嘴角不断渗出，她的脸色愈加苍白。她安详地保持着端坐的姿势慢慢倒在地上，就此长眠不起。就这样，兵部宿祢的女儿死了。她咬舌自尽了，而躺在一旁的长罗却一动也没有动。

不明究竟的奴国民众，对她的行为赞不绝口。倾慕长罗的奴国少女们开始发出呐喊——以奴国女子的名誉起誓，一定要将王子的心从不弥女人那里夺回来。继香取之后又选出了第四位美少女。人们关注的焦点依然在美女所能起到的效果上。人言可畏，香取之死造成的舆论压力也过大，这位花季少女最终同香取一样走上了不归路。然而，越挫越勇的宿祢依然选出了第五位少女。人们对她的看法已然改变。不过，她的命运依然没变，同第四位少女一样香消玉殒。这已成为一个不祥的惯例。这么一来，奴国宫内的美少女日渐稀少。突然，奴国的所有母亲都毁掉了女儿的华美服饰，让她们穿上粗服变成村姑，藏在闺中的深院内，再也不让宿祢找到。宿祢就更加愁眉不展了，他带着锐利的眼神，翻遍宫闱四处搜寻。第六位少女终于还是被选了出来，人们惊恐地关心着她的命运。当晚，在传出她自杀的消息前，人们先听到的是宿祢在宝库前被人暗杀的死讯。但是，长罗仍然像个死人一样躺在那空落落的近乎无人居住的王宫里。

某一日，一个年轻人拖着筋疲力尽的身躯来了。他一见到王宫门前的椹木门柱，就冲进去高声喊道：

"我找到不弥的美人了！我找到不弥的美人了！"

然而，无人应答。他沐浴着照进高廊的阳光，穿过打着盹的童男身旁，向王宫深处走去。

"我发现不弥的美人了！她就在耶马台！"

长罗听到了年轻人的声音，就像听到了弓箭声的野猪那样迅速起身，脸涨得通红。

"进来，快进来呀！"但是长罗的声音嘶哑无力。年轻人的喊声经过长罗门前往八寻殿的方向去了，然后，又折回到长罗这边，长罗踉踉跄跄地走向杉木门。

"快进来！进来呀！"

年轻人打开杉木门见到了长罗。

"殿下，我终于找到不弥的美人了！"

"真是太好了！快给我水！"

年轻人迅速往返。

"不弥的美人就在耶马台。"

长罗将碗里的水一饮而尽。

"是你亲眼所见？"

"是我亲眼所见，我偷偷潜入了耶马台的宫殿。"

"不弥的美人如今在哪儿？"

"我看到她的时候，她已经成为耶马台的王后了。"

长罗气得说不出话来，只是颤抖着指向地上的宝剑。

"殿下，耶马台的国王正在备战。"

"把剑拿来！"

年轻人把剑拿了过来又对长罗说道：

"殿下，耶马台的国王怕是要攻打奴国。"

"攻下耶马台！集合士兵！我升你为宿祢！"

年轻人高兴得一时语塞，扬起了眉毛。

"夺回不弥的美人！进攻耶马台！集合！"

年轻人踢翻了碗冲出屋外。不一会儿，宝库前响起了嘹亮的海螺号角声。与号角声相呼应，宫殿的四面八方都敲响了铜锣。

二十六

耶马台的宫殿内，反绘的暴行越发令人发指。与此对应的是，随着战争的临近，卑弥呼在部队的人望日渐高涨。要知道迄今为止谁都没有办法制止反绘的暴行，而现在只要不弥的美人朝他一瞪眼，那头野兽就只能乖乖就范。而且，她还从反绘的剑下救下了无数士兵的性命。他们深信此次出征必将大获全胜。因为他们的军队可是拥有了仅凭瞪眼就能制服耶马台最大魔头的不弥美人。反绘派出的三名侦察兵回来了。他们带来了奴国王子为了抢走卑弥呼要来攻打耶马台的情报。听到这条情报，耶马台军队同反绘一样勃然大怒。翌日清晨，他们接到军令挥师奴国。反绘一马当先冲在最前。在他身后，是盾牌上竖起的数百长矛闪耀着的寒光。紧随其后的卑弥呼，坐在六名士兵抬着的轿子上一同出征。为了将长罗诱到身边，她在披挂的甲胄外还缠了一身染得鲜红的醒目红袍。殿后的是驮着标枪和粮食的数十头野牛。强弓劲弩，杀气腾腾，队伍踩着森林中火红的黄栌树叶向奴国进发。延绵曲折的武装队列翻过了三座高山，蹚过了四条深谷，踏过平原，穿出森林，行军途中还抓获了两名奴国的侦察兵，并将之斩首示众。次日黄昏，他们终于来到一条河床宽广却早已干涸的大河的岸边。

二十七

自不久前一举蹂躏了不弥以来，奴国的士兵都觉得已经没有备战的必要了。宝库中的长矛和剑都闪闪发光，依旧如新，紧绷的弓弦尚未发出过一次箭声。但是，王子长罗却已衰弱不堪。他焦躁不安，狼吞虎咽地吃着鹤、鸡和山蟹的蛋来补充营养。当他按捺不住那迫不及待的心情时，就会多此一举地派侦察兵到耶马台去送死。每当进行阅兵的时候，他就会用闪耀着光芒的双眼望向山的另一头，像狂人一样对他们说道：

"谁能抢回不弥的美人，我就封谁当宿祢！"

士兵们听到他的话，一句话也不敢说。但是，野心却使他们在沉默中互相敌视。

数日之后，长罗的脸依然苍白消瘦，但也迸发出些许风采。他好似骏马那样弯下伟岸的身体在军队之间奔忙。一切就绪，整装待发。长罗挺拔的鼻梁和马鼻子都正对着耶马台，全军出击。数千名士兵各自心怀鬼胎，他们集合成一个军团悄悄地跟在后面。越接近耶马台，长罗的马就越急，常常急匆匆地离开部队独自向前冲去，而士兵们也只好废寝忘食地跟着他急行军。然而，他们可没有长罗那样的热情，时间一长就很难跟上。就这样走了两天两夜，部队抵达某个河岸时，已无法再前进一步。太阳尚未落山，士兵们就已在河岸的芒草地上做留宿的准备了。

远处国境线上的一座高峰上吐出一缕黑烟，太阳已变成了桃红色开始落山。就在这时，河对岸的芒草原中突然沙沙作响。接着，一群水禽慌乱地飞向高空，转眼间，数千长矛在芒草穗上闪着寒光。

"耶马台人冲过来了！"

"耶马台人杀过来了！"

奴国军中一片骚乱。他们日夜兼程早已疲惫不堪,但这反而使他们能够立刻停止混乱重整军势。他们迎战的第一步,就是将长矛、长剑以及其他所有武器隐入芒草丛中。因为奴国士兵最擅长夜袭。他们派出数名侦察兵到河的上游和下游侦察。长罗独自骑在高高的马上仔细观察着对岸。河床中有一处很浅的细流,在这处细流的两侧延伸着广阔的沙地。

夜幕缓缓落下,对岸芒草的波浪朦朦胧胧,在背后的山下依稀可辨。这时,对岸铜锣声大作,紧接着,尾巴上点着火的野牛群踩踏着云雾缭绕般的芒草波浪,冲向奴国阵地。奴国士兵等这群野牛快要冲到面前的时候,对着它们万箭齐发。牛群发出悲鸣停止冲锋,反过头来冲回了耶马台的阵地。奴国士兵企图跟在牛群后杀到对岸,但是,长罗却拉过马头跑了过来,拦在了他们的面前。果然不出他所料,这群野牛又被对岸乱箭齐射,再次折返,冲向奴国的阵地。与此同时,对岸涌起阵阵喊杀声,密密麻麻的标枪手兵分两路,从野牛的两翼踩着沙地包抄过来。奴国士兵立即拉长阵线,沿着河岸排成一条长龙,一起朝敌方密集的标枪队放箭,标枪队受到箭雨压制被迫返回阵地。只余下狂乱的野牛群独自穿过奴国阵地的中央,冲入后方的森林。

夜幕降临,国境线上的山峰喷出的浓烟变成火柱爆发在半空中。奴国的夜袭已水到渠成,他们却有点力不从心了。当敌方阵地安静下来的时候，他们也都弯下腰来坐在芒草丛中歇息。长罗也注意到部队疲劳过度的状况，不得不取消了原定的夜袭计划。但是在即将到来的肉搏战之前，奴国必须尽量消耗完敌方的弓箭，为此夜色的掩护也是必不可少的。他们顾不上疲劳，尽量潜伏到河床中间，将盾牌连成一片，如铁壁一般遮挡住躯体。接着，一起跺脚呐喊，大造声势，让敌人感到仿佛已经大军压境。顿时，对岸箭如雨下，大都落在盾牌上。奴国军反复迂回，再次杀声震天。几次反复之后，对岸终于再也没有箭射来。但是，敌方同样也发动了猛烈的牵制佯攻。起初，奴国的士兵一听到敌人震天的杀声就胆战心惊，不停地向他们放箭。但是，反复几次之后发觉所谓的夜袭和本国的牵制作战是一回事，也就舍不得放箭了。夜幕更深了，两军如同睡眠一般，悄无声息地对峙着。但依然派出侦察兵相互试探。在上下游的沙滩和芒草丛中，不断发生侦察兵之间小规模的交战。就这样僵持着，在两军之上，东方的鱼肚白渐显。朝阳从奴国阵地的后方升起，耶马台国境线上的火柱又再次变回了烟柱。晨曦洒在两军之间血染的沙场上，那里横七竖八地躺着不少中箭身亡的士兵遗体和野牛残骸。此时，耶马台军稀稀拉拉地排成一列横队，静静地踩着尸体朝敌方进军。在他们连起来的盾牌前方燃烧着一团火焰，那是绑在长枪枪尖上浸过油的茅草团，点燃的茅草团熊熊燃烧，吐着火信子。当他们迫近奴国阵营时，就将枪尖上的茅草团扔到芒草丛里。奴国士兵迅速用脚将其踩灭。但是，等待他们的还有无数标枪和石块，像雨点般落在了他们的头上。与此同时，耶马台军的冲杀声和踩踏地面的脚步声同时席卷而来。漏网的茅草团点燃了芒草丛。奴国阵营处竹子噼啪的爆裂声迭起，白烟弥漫盘旋而上。长罗只好带领全军暂退到森林边上。接着，他将部队一分为三，最精锐的一队跟自己留守在森林边，其他两队兵分两路，借着白烟的掩护偷偷潜伏到河的上下游。兵分两路的两队士兵手持长枪利剑从两翼同时向沙地上的耶马台军发动夹击。瞬间局势逆转，正向白烟方向射箭的耶马台军乱作一团，只得折返回本阵重整军势。奴国的两队人马在河床中央顺利会师，乘胜追击着败退的敌军。然而，正当他们准备一鼓作气杀进敌军大本营的时候，从芒草丛中又出现了一队耶马台的伏兵，将奴国会师的大部队夹在当中，这回轮到奴国遭遇腹背受敌的不利窘境了。这队伏兵和奴国一样拿着长枪利剑杀声震天地从两翼包抄过来。长罗本队看到本国大部队遭到敌方前后夹击，便率领人马在火已熄灭的芒草丛中斜向杀出。耶马台军见到了奴国的援军就停止了进军，只是包围着奴国大部队围而不打。长罗本队也停了下来，跟前方的大批敌军对峙。这时，逃回本阵的那队耶马台军重整旗鼓，又重新杀将回来。被包围的奴国大部队此时已是三面受敌。但是，他们个个奋勇杀敌以一当十，生生从耶马台的右翼杀出一条血路。但这时从芒草丛中又杀出一队折返的敌军，他们手持寒霜般雪亮的标枪杀入奴国的乱军之中。刹那间，这里前赴后继，一片刀光血影，士兵们倒下一批又来一批，他们蹦跳着、打滚着，奋战不已。只见到头上无数的白色辉光在闪烁着。不一会儿，血战的人群中发出哀嚎声，这里血流成河。互相厮杀的人们绵延着、缩小着、摇晃着，慢慢变小，突然像汹涌的潮水一样，朝着按兵不动的长罗本队杀了过去。与此同时，与长罗本队对峙而按兵不动的耶马台左翼军也杀声震天地冲了过来。顿时，长罗的本队都顾不上长罗了，慌不择路四散而逃，只余长罗独自一人。他骑在马背上吼道："不许逃！都给我回来！"

这时，一名派出去侦察的奴国侦察兵向他疾驰而来，手卷成喇叭状对他喊道：

"我发现不弥的美人了。看，不弥的美人穿着一身红衣！"

长罗转头朝他指的方向望去。在迫近剑刃风暴的后方有一个红点，如红色风帆那样静静地向他移动。长罗轻巧地朝敌军方向掉转马头。他轻轻踢了一下马腹，默默地冲向那点红色。他一人一马单骑入敌军之中。长枪如注飞过他的头顶，他一边持盾格挡，一边挥剑斩断刺来的长枪。无数的面孔和长剑在他周围盘桓。他纵马腾空而起，一跃而上，在敌军的人海之中突进。长罗的长剑在马背上如风车般旋转着，所到之处剑飞腕折，敌人成片地倒下。突然，面前的人流一分为二。

"卑弥呼！"长罗单骑突进飞奔而去。这时，出来一名独眼的武将，他驾着黑马，踩着沙地，直奔他的身前。

"来将通名！我乃耶马台国王反绘是也！"

长罗的马猛地停了下来。接着，他无视反绘，绕过他的马，继续向被众人围住坐在高轿上的卑弥呼的方向冲去。

卑弥呼的高轿避开他的马头，直接绕到反绘的身后。长罗熠熠生辉的双眼望着卑弥呼。

"卑弥呼！"

他刚要轻踢马腹，反绘率先驾马朝他冲了过来。长罗突然拉过马头，朝着反绘的马迎面突击。两匹马嘶叫着立了起来。随后，盾牌飞了出去。两匹马的马头相交之后又落了回去。反绘的长剑刺入长罗的腹部。与此同时，长罗的长剑也斩中了反绘的肩膀。长罗高大的身躯扑到反绘身上。两人从马上坠落，抱成一团在沙地上翻滚起来。他们互相朝对方乱踩猛踢，脚下沙土飞扬，草叶横飞。反绘被长罗揪住了头发，他那充血的独眼随着揪住的头发一起吊起，以长罗的额头为中心忽上忽下。他们互相撕咬着对方。披散的头发交缠到一起，就好像鸟儿一样扑棱着翅膀拍打地面。

卑弥呼的高轿被抬到二人附近后落了下来。但耶马台的士兵之中，没人愿助反绘一臂之力。要是这个耶马台的大魔头能在此阵亡，岂不是皆大欢喜嘛！他们和卑弥呼一样握着手中的长剑，紧盯着在血迹斑斑的沙地上呻吟翻滚着的二人的身影。他们一起紧绷着脸，这是在向卑弥呼宣誓——他们有能力守护好他们的不弥美人。片刻后，分别杀死卑弥呼两任丈夫的凶手，扭打成一团的长罗和反绘，随着战斗的持续进行而逐渐力竭。反绘闭着独眼陷入沙土之中。虽然两个人还纠缠在一起，但都已动弹不得。卑弥呼独自走近二人。这时，长罗突然踩着反绘的胸口，就像从地底下钻出来一样站了起来。他甩着滴着鲜血的头发，灰白的脸上挤出柔和的微笑，朝向卑弥呼。

"卑弥呼！"

她停下了脚步，摆好架势举起长剑。士兵们随着向长罗涌过来。

"慢着！"她对士兵们说道。

"卑弥呼，我到这儿接你来了。"

长罗的腹部还插着反绘的长剑，他摊开双手想朝着卑弥呼走去，然而身体摇摇晃晃，只是跟跟跄跄地勉强走了几步，就因失血过多体力不支而倒在地上。他又再次站起身来。

"卑弥呼，跟我一起回奴国吧，我等你等得好苦哇！"

"你杀了我的丈夫！我的大哥！"

"是我杀的。"

"你害死了我的父母双亲！"

"是我害的。"

"你毁灭了我的国家！"

"是我灭的。"

长罗再次踉跄地朝她走去，但很快又跌倒在地。卑弥呼放下了手中的长剑。长罗还试着想站起身来。但他的胸部就好像被钉在地面上一样，稍稍离开又立刻扑倒在地。他好不容易才从沙地上将额头抬起，朝她伸出手来。

"卑弥呼，为了得到你，我毁了我的国家！为了得到你，我亲手弑父，刺死宿祢！你回来呀！"

长罗惨白的额头垂向地面。

"卑弥呼！卑弥呼！"

他仿佛是在沙土的耳边轻声细语那样呼唤着她的名字，他闭上了双眼。卑弥呼浑身颤动不已，她的长剑掉落在地。

"大哥！大哥！原谅我吧！你就不要再让我刺他了！"

卑弥呼双手抱头，崩溃地哭倒在剑上。

"大哥！大哥！宽恕我吧！为了你，我打败了长罗！我已经替你报仇雪恨了！啊！长罗啊！长罗！原谅我吧！你也是因我而死！"

此地只剩下了长罗、反绘和卑弥呼，耶马台军早已冲向远处的森林，去追讨奴国的残部，他们朝着奴国的方向杀了过去。杀声震天，直冲云霄，在上空回荡着，久久不能散去。

神

马

阳光自房檐洒落，从豆台一直延伸到它的鼻头。鬃毛垂在它那双暗褐色的眼睛上，它扬起脑袋晃了晃，又低下头继续吃。

肋骨下的皮肤伸展开来，眼皮变得越来越沉，不知不觉地就睡了过去。突然它仿佛听到了下雨的声音，又睁开了眼睛，大把黄色的豆子散落在嘴边。它瞥了一眼饲养员，张了张鼻孔又自顾自地吃去了。可不管怎么吃，它腹中的皮都只会呜啦呜啦地收缩。它早就吃腻了，于是从这座小山上朝下望去。

淡红色的紫云英田、黄色的菜地、绿色的麦田，连绵不绝。再往前去，一片湛蓝色的大海无边无际地展现在眼前，水面之上蓝色的天空仿佛守护着自己的孩子一样将大海温柔地护在身下。它想跳过豆台出去兜一圈。这下又把豆子"哗啦"弄撒了一地，还真是不长记性呀。大约在一小时前，一位老爷爷在白色的和服上盖上朱印，将丝柏伞戴在了猪头上，向它拜去。在那期间它就一直绷着脸。抬起头来，只看到旁边的小孩正吃着手指，神秘兮兮地看着它。

这里怎么会有个这么小的孩子呀？但这家伙可不会喂我。

他掉头看向老爷爷。老爷爷参拜完毕，一边压下孩子的脑袋一边对他说道：

"来，乖，你也拜拜。你这样死盯着看可是会瞎掉的！"

孩子被压着脑袋却还死盯着它看。过不多久，他们就离开了这里。

那俩家伙真是莫名其妙，到底想干什么？

突然，觉得屁股这里不太舒服。它下腹用力，接着抬起了尾巴，地上发出了一声"扑通"。眼皮儿又撑不住了。石阶上没有一点动静，却看到了一个小影子悄无声息地在地上滑动着。什么东西？正想着呢，仔细一看，原来是高空中的鸢正悠闲地盘旋呢。

原来是鸢啊，我还以为牛虻又来了呢。

它又想打盹儿了，可树影之中，一条黄色的鲤鱼吸咬着竹竿头嬉戏的画面，又吸引了它的目光。它看得乐此不疲。宽阔的田间大路笔直地通向远方。摇头晃脑悠闲散步的马儿，头戴帽子唱着山歌的人群，车来人往好不热闹。

真的好想出去逛逛啊！

一想到这里，就想咬断从两侧的柱子上垂下来拴住它嘴巴的绳子。曾几何时，它也逃过两三次，然而一回想起三四天也吃不上一顿饱饭的痛苦……

真不想再遇上那档子事儿——

它摇了摇头。一阵风刮了过来。面前的杨桐树枝沙沙作响。山下的大路上扬起了白色的尘土，人、车、马都被吞入其中。鲤鱼吸咬得竹竿嘎嘎作响。尘埃被吹到对面的山麓上，这里又安静了下来。接着，灰暗的山峰又重新恢复了往日的风采。紫云英田边有一群女孩子，她们一边躺着一边摘草。还有两三个人在麦田里玩起了捉迷藏。一旦被抓到就发出一声"靠"，就像是群野丫头。在翻掘好的田地里，弓着腰的男子正在撒着肥料。吐着白烟下坡的列车在山脚下呜呜地缓慢爬行着。从石阶那儿又传来了铃铛声，它赶紧转过头来，一个满面红光的男子挂着长长的拐杖从山上到了这里。他的脸上居然没有鼻子，只在脸的中央开了两个小孔。

奇怪的家伙，来喂我的？

男子虽然看了它一眼，但还是径直走了过去。

糟糕。哎呀！怎么又来了！

下面传来一阵急匆匆的摔打木屐一样的声音。

受不了！受不了！他们每天都要跑这儿来。

很快下面就传来了喧闹声。不一会儿，老师就带着五十多个孩子爬了上来。老师在它的面前稍做停留，向孩子们说明了起来：

"各位，此马曾参加过日俄战争①，是穿行在枪林弹雨之间的战马。此马为国为君而尽心竭力，所以你们要加倍用功，

———————————

① 日俄战争，是 1904 年至 1905 年间，日本和俄国为争夺中国东北和朝鲜而进行的不义战争。——译者注

将来好报效祖国。"

孩子们张大嘴巴看着它，所有人的脸上都洋溢着热情。

那群家伙为什么都死盯着我看，但又只看不喂我？

接着，它又将眼前吃剩下的五六粒豆子衔了起来。孩子们吵吵闹闹地踩着满是尘埃的石阶继续向上攀登。它的饲料吃光了，也不知道后面是不是有人来投料，便环顾四周。然而，什么都没有。想吃眼前箱子里的豆子，箱子太深，嘴够不到，于是它注意到了扔在杨桐树下的黄色橙皮。

那东西，是什么？

它用尽马的大脑思考着，但还是弄不明白，总觉得很可能是美味，于是就莫名地在意了起来。

真想吃呀！

这时，从远处传来了马的嘶叫声。它像是被刺中了一样抬起头来，竖着耳朵仔细倾听。

那好像是母马的声音哦！

立刻就将橙皮的事情抛到了九霄云外，更加用心地听了一下。

母马！真的是母马！

肾上腺素迅速传向它的脊柱，它急不可耐地想冲下去。刚把前蹄搭在豆台上想要借势冲出去，两侧的缰绳就绷了起来，扯住了它的嘴。于是，它只能将前蹄又放了回去。脑袋里嗡嗡直响，简直要把它逼疯。后腿用力蹬地，力量居然将地板都掀了起来。这时，从事务所来了一个男性工作人员，好不容易才将它镇住。尽管如此，它还是不断抬起前蹄在马舍里闹腾。当它重新镇静下来的时候，已经听不到母马的嘶叫声了。它也只好死死地朝着那个方向望去。

淡蓝的远山渐渐朦胧，海上还荡着两三片白帆，天空中，太阳正愉快地挥洒着温暖的阳光，孩子们吹喇叭的声音随风飘来，积雨云停在原地一动不动。

从哪儿传来的嘶叫声？

它的面前站着一位漂亮的小姐姐和一位将白发修剪到脑后的老婆婆。老婆婆从钱包里取出两枚硬币，放在桌上，然后将一升豆子倒进了豆台。接着，她举起了双手，就像是在祭祀什么一样。这时，一只大黑狗也摇着尾巴跑了过来，微微地歪着脑袋，蹲在那里看着它。

哈哈，你这家伙，是想偷吃豆子吧。

它急吼吼地吃光了豆子。老婆婆、小姐姐和大黑狗都从它面前走了过去。

没过多久，行人变得稀少了起来。太阳落山了，暮色穿过大海即将降临大地，白帆早已不见了踪影，星星透过檐角眨着眼睛，湿漉漉的海风缓缓地吹拂了过来，海鸟归巢，田地里已不见人影。深处的铜钟"咣——咣——"地响了起来。饲养员一如既往，将混合着豆粕和稻草的美味饲料拿过来，放进马槽里。它吃了个干净。然后，饲养员慢慢地降下了沉重的大门，这里顿时漆黑一片。门外响起了"咔嚓"的锁门声。它又无知无畏地度过了美好的一天。

睡

莲

这已经是十四年前的事情了。盖房子的时候，木工找我商量选哪里比较好。我的回答是没什么特别喜欢的地方，所以想找两三个合适的地方看看再说。过了两三天木工又来了，说是在下北泽找到一块地，现在就可以去那里实地看看。说起北泽，我记得曾经有一位朋友跟我说起过，如果自己想建房的话，就会建在北泽。一时兴起，我就想去那里看看，于是马上和木工一起出了门。

秋日的傍晚时分，我们换乘了好几趟电车终于抵达北泽，在黄昏的映衬下，田间小路上的山茶花显得分外洁白迷人。

"就是这里，您觉得怎么样？"

木工站在高处的某个平坦的田地中，露出了一副并不是什么好地方的神情。看着像是种植芋头的普通农田，但是周围都是榉树和杉树林，附近没有人家，所以生气的时候可以肆意地大声嚷嚷，对我来说倒是挺合适的。生气的时候还要顾虑四周，无法随意发出声响，就会有即便身在家中也会受到拘束的不良感受。而且当看到这一带的平凡景象时，心里已产生了平静满足的感觉，觉得住在这里最好不过，于是就下定了决心。

"您觉得怎么样呢？如果喜欢的话，回去的时候我就去地主家交涉一下。"

"那就这么定了。"

这么一来，立刻就跟地主定下了这块地。那年年末，房子盖好，我们一家也跟着搬了过来。周围的景色很普通，我的眼光自然爱观察起四周的奇特之处，敏锐了起来。被森林包围着的林间小路，人迹罕至，偶尔才会有鱼贩子经过，很是寂寞无聊。但自初春到来，万物复苏开始萌芽的时候，经常能看到一对年轻的夫妇结伴而行。这二人像在散步，丈夫双手插在后腰带里，仰望着树木，悠闲而又快乐地漫步，妻子总是陪在身旁，脸上洋溢着笑容。我总觉得这对夫妇的身上有一种特别的光彩。虽说二人看上去不像是大富大贵，但依然可以一眼看出他们气宇轩昂、落落大方的气质，彼此之间互相信任、相亲相爱的满足感。在晴朗的日子里，二人穿行在嫩叶之间，正视前方款款而来，看起来十分满足的样子，即使从远处望去也能感受到这难得一见的幸福美满。之前我也曾见过好几对看起来很恩爱的夫妇，但是从没见过像他们这样，全心全意地守护着永恒幸福的完美夫妇，所以自那以后，我对他们也是特别关注。虽说没有一次秉烛长谈的机会，但不久之后也对他们的情况有所了解。丈夫是陆军监狱的看守，每天早上都会骑自行车去那里上班，妻子就教附近的女孩子女红。这对恩爱夫妻的生活又进一步地激发了我的兴趣。

从出入我家的蔬菜店伙计口中得知，男主人叫加藤高次郎，就住在离我家两条街远的伯爵院子的小屋里。另外，还从伙计那儿听到了八卦——蔬菜店的老太太都被加藤高次郎那伟岸的身姿所吸引，每天早上都被他迷得神魂颠倒。总之，已经步入黄昏的蔬菜店的老太婆，都会痴痴地看着每天早上踩着脚踏车经过的高次郎的身影，对此我同样深以为然。高次郎的容貌除了用美男子形容，毫无疑问地还展现出了人格之美。光是绣花枕头可没这个本事让老太婆天天在那里朝思暮想。

我冒出了这样的想法：人们在生活中并不会特意去观察，即使在发呆，也会自然地凭着直觉去相信所见到的周围人的第一印象，直至死亡。而且，我常常觉得，比起那些特意睁着眼睛的观察、分析等举措，有时直觉反而来得更准确。

即便在军中，高次郎先生也是一位相当有名的剑客，我也听到过他不怎么努力的风评。看起来高次郎先生沉默寡言，说起话来声音低沉，性格也很平凡。我正是因为看到这一带的风景极为平凡才下定决心移居此处的，而高次郎先生的性格、气质正好完美契合了这边的风景。我想大自然肯定也对他颇感兴趣吧。无论如何，我也应该为移居此地的意外收获而感到高兴。有时候，我工作得很辛苦，大半夜听着屋外雨夹雪的呼啸声，一个人躲在火盆边烤着手，这时突然就会去想高次郎现在怎么样了。我也不曾同其他人说起过这事，而是顺其自然，让其变成像泡影一样萦绕在心中的一个人影。有一天，从我家的二楼往下望去，离我们家大概二十间①距离的茶园的一角被拆除了，那里堆了很多石头，奠基用的基石不足十坪②，可以听到那边传来的一阵阵夯实基石的声音。

"盖房子啊，那可是建在我家附近的第一栋房子啊。"

我对妻子唠了一句。这时，蔬菜店的伙计又来了，告诉我那是在建高次郎先生的新家。当我知道有陌生人要在我家旁边建房的时候，很担心新来的邻居会是一个什么样的人，但当得知那是高次郎先生的家时，我的心情一下子就豁然开朗了起来。但是，我又往下看了看比我家小得多的他家的用地，看着与气宇轩昂的他毫不相称的小小基石，一想到不久以后，只要我在我们家二楼，就不得不高高在上地俯视着他们家的时候，就不由得暗自苦笑，这实在是件令人非常困扰的事情啊。长期

---

① 长度单位，根据流传至今的日本土地丈量法"尺贯法"，1间等于6尺，约等于1.8182米。——译者注
② 面积单位，来源于"尺贯法"，1坪等于1日亩的三十分之一，合3.3057平方米。——译者注

让自己喜欢的人感到愤愤，这可是违背我当初选择这块土地的初衷。

总而言之，高次郎先生成了我家最早的邻居，在暮色降临的时候，高次郎先生就从草木茂盛的伯爵家的庭院搬进了明亮茶园中的新家。这是一间只要高次郎先生伸直腿，脚就能从墙板那里破墙而出的小小平房。每次我经过的时候，都会提醒自己注意视线，不要往别人家中张望，但有时也会替他担心，或许不久之后周围就会建起成片的大房子，那时候就会压迫到他们的生活空间，破坏他们现在宁静的生活。

我从未见过高次郎先生早上独自离家外出，他嘴里叼着国旗，慢慢地骑上自行车，悠然自得的样子——一次都没有见到过。每次都是他的妻子、孩子的母亲，将背上背着浅灰色看守服的丈夫送到门口。

"路上小心，一路顺风。"

她总是一边挥着手，一边高声道别，站在电线杆旁直至看不见丈夫的身影为止。无论雨雪，数十年如一日，每天早上准时送别。曾有过一段时间，我的妻子也向往着新邻居夫妇之间的深情厚谊，但她终究觉得差太远，最后还是放弃了，又回到了从前的样子。

"我说，之前我和你吵的时候可以毫无顾忌，反正四周无人肯定没什么问题，但是现在再这样就不行了。"

说完，我和我的妻子相视一笑。二层建筑对平房会产生一种压迫感，但实际上我们感受到的却是终年不断地从下面传来的晃动感，这实在是有点滑稽可笑。我家的女佣似乎也总是在比较着加藤家和我家。

　　"等我结婚的时候，也要找个像加藤这样的丈夫。"

　　她曾向我妻子透露过这样的念头。不仅是蔬菜店的老太婆，就连我家的女佣也不会忘记对早上踩着脚踏车出门的高次郎先生礼遇有加。或许正是这个缘故，女佣才养成了每天早上去围墙外拔草的习惯。经过了整整两年时间，女佣才有所改变。但新来的女佣依然对加藤夫妇之间的和谐感到吃惊，也跑到围墙外勤勤恳恳地拔着草。她以自己的美丽为荣，曾经还引起过村里年轻人的骚动，所以多多少少有些自视甚高，有一天还对着我的妻子发牢骚。

　　"我说，对面加藤先生家的夫人还真是个醋坛子啊！刚才她丈夫出门的时候，我和他随便多聊了几句，他夫人就直勾勾地盯着我看。"

　　女佣半开玩笑地告着状。然而，没过多久这位女佣就出嫁了。那个时候，我家附近的森林都被砍伐一空，空地上陆陆续续地建起了比我家还大的房子。正如我所预料的那样，加藤家仿佛变得似有似无，但是他们夫妻的感情却依然如故，丝毫没有受到半点影响。去澡堂洗澡的时候，两个人关上家门，拿着金属脸盆一道儿出门，又肩并肩地一起回来。每当高次郎从看守所回来的时候，夫人必定会跑到很远的地方去迎接。在他们狭小的庭院里，小小的杜鹃花、金盏花等盆栽花卉渐渐多了起来，在赏花的高次郎先生身旁，总是能看到在丈夫耳边悄悄说着情话的美都子夫人的身影。不清楚这两个人结婚多久了，在成为我家邻居三年左右的时候，美都子夫人的肚子渐渐隆起，变得越来越引人注目。

"现在这个时候，肚子里面有了？美都子夫人的丈夫肯定开心死了。"

正当我的妻子说出这话的时候，我家也不可思议地有了添丁的预感，随着时间流逝这也成了事实。在那之前，我只是每到过年的时候去一次加藤家拜年，对面也只是相应地来我家打个招呼罢了。但现在谦逊的我甚至可以想象得到妻子和美都子夫人在街上相遇时，悄悄向对方投去欣喜目光的样子。

"到底哪家快呢，我们吗？"

早上，我听到美都子夫人送丈夫出门的声音后向妻子询问着，然而事实是加藤家要比我家稍早一点。不久之后，我的次子也诞生了。然后，不到两年，加藤家的次女也出生了。

不知什么时候，我家周围到处都是新建的房子，到院子里来玩的陌生孩子也是逐年增加。额头上的静脉隐约可见的加藤家的两个女儿也经常混在其中。就在这群不知从哪里来的孩子们茁壮成长之时，借我家宅地的地主去世了。接着，不到一天，地主邻居家的主妇和邻居家隔壁的主妇也一道去世了。很快，那个去世的主妇斜对面的主妇也去世了。之后，这一带的大地主之中有三对夫妇聚到了一起，组建了长寿之家，但是他们之中的牵头人也突然暴毙了。

就在这个时候，加藤家的第三个孩子出生了。那是他们家出生的第一个男孩。从早上踩着自行车踏板的父亲身后，传来孩子们为高次郎先生送行的吵闹声，而夫人的声音听起来和平时没什么两样。实际上，这声音我已经听了十几年了。

"路上小心，一路顺风。"

我就从来没听到过像加藤家那样元气满满的道别声。每次听到这样的道别声，我都觉得，从这样一个充满着爱的家庭走出来的高次郎先生，他脸上满足的表情，也一定会为很多囚犯带去些许关爱吧。要说他们家有什么不幸的话，恐怕就属我家那个顽劣成性的次子了。他或许天生就喜欢惹女孩子哭吧，听到不知从哪里传来的女孩子的哭声，我在二楼就得探出身子来问："怎么又来了？"但对这个顽劣次子的恶作剧却束手无策。虽说这只是孩子们之间的打闹，但我总觉得这将成为加藤家和我家之间不和睦的隐患，或许这是孩子们自然而然地向长年累月不断晃动着我们家二楼的加藤家复仇吧（玩笑话）。

"喂！说了多少次了，不要去惹哭人家！"

我对自己的次子咆哮道，然而次子……

"那家伙就是爱哭呀，一碰就哭。"刚刚还嬉皮笑脸地回着嘴，转头又哭起来了。每年一次去高次郎家拜年的时候，我都会主动对他说："今年不知道又要出什么幺蛾子了，请多关照。"这多多少少也包含着些许道歉的意思吧。去他们家的时候，一打开院子的大门，哪怕一步还没来得及迈，他们又马上习惯性地打开了玄关的门，这还真是一种非常奇妙的感觉。而我觉得他们家的门槛也一年高过一年，只有美都子夫人的笑脸和最初一样，一点儿都没变。

我和高次郎之间也没什么见面的机会。每当明月皎洁的夜晚听到笛声时，孩子们说那是加藤伯父吹的，我也想同他一起吹奏明治时代的曲子。

高次郎成为监狱长的那年秋天，傍晚吃饭的时候，长子突然从外面回来，道：

"加藤家的伯父，被担架抬回来了，脸上还盖着手帕。"

瞬间，我和妻子的直觉告诉我们高次郎发生意外死了。

"出什么意外了？你问了没有？"

对于妻子的质问，孩子只是若无其事地答了一句："不知道。"从表面上看，高次郎先生是个很无趣的人，但也是个实诚人，被拉去参加酒宴也不稀奇。我想或许就是情绪高昂喝多了之后被归途的汽车撞了吧。那样的话，我觉得也算是一种光荣的战死吧，马上上了二楼向加藤家望去。然而，他们家中只有高高梧桐树下的落叶，除此以外别无他物，院中一片沉寂。那一夜的夜幕缓缓降下，四处寂静无声，我感受到了如同火盆里的木炭一样独自熬过漫漫长夜的萧瑟与寂寥。就这样，挨到了第二天的早上，次子告诉我说：

"加藤伯父喝完酒回家的途中，被电车撞死了。"

"没有的事，他还活着呢！"

长子予以强烈驳斥。

"真的死了，都说清楚了，已经死了。"

次子又加强了语气，坚定地对长子说道。虽说不知道到底是什么情况，但是确实是出了事故，所以我也不好多问，于是只好就这样随他们去了。第二天，高次郎家举办了葬礼。

我和妻子去加藤家烧香祭拜后，在交叉纵横的小路边上，电线杆旁的人群中默哀，望着穿着丧服的亲朋好友们的身影，心里很不是滋味。就在那个时候，我突然想起四五天前看到的加藤家那只半白的花猫叼住我家兔子的脖子，穿过篱笆一样飞速逃离的情景。

果然就像孩子们所说的那样，高次郎先生还是意外地去世了。虽然喝醉被末班车撞倒后立即就送进了医院，但是那时已经大量内出血，因失血过多，第二天就走了。美都子夫人是有

224

名的裁缝，所以高次郎先生死后的生计问题暂时不用担心。即便如此，从我这旁观者的角度来看，对这个家庭来说他的死也太突然、太残忍了。在那之后，加藤的老家马上派了人过来。接着，他们一家就悄悄地搬回高次郎和美都子夫人的故乡城岛去了。

想想这三个月以来发生的种种，我寂寞地站在二楼，感受着四周弥漫着的意外死亡的气息。某天，美都子夫人寄来一本朴素的和歌集作为奠仪回礼。虽然收录的和歌数量有限，但都是高次郎先生的遗作。我本以为他只是位剑客，在知道他还是一名和歌作家时，我突然感受到仿佛直面死亡一般的紧张感，总之还是翻开这本粗陋的和歌集读了起来。

今宵，在皑皑的雪山这侧挂着一轮明月，似是黄
昏的余韵。

夕阳余晖中，洁白的山百合散发着浓郁的芳香，
静待着清晨花开。

高次郎先生是在月夜中吹奏笛子的剑客，所以我一直以为他是一个温文尔雅的人。然而，当我读了这两首和歌之后，觉得至今为止一直笼罩在不祥气氛之中的加藤家的一角，突然间

发出了清亮的光芒，如同清风拂面般神清气爽。

　　　天寒地冻冷彻骨，夜半时分起身摸索，欲为吾子
　　盖暖被。

　　　爱妻在井边洗晒，听闻叹声，赶忙而来。

　　此首和歌说的是高次郎先生听到妻子的叹气声，赶紧跑到妻子身旁。他和美都子夫人之间的日常生活立刻跃入我的眼帘。不仅限于这几首和歌，其他和歌也都显现出他的人格魅力。为人高风亮节，抱持着谦逊通透的生活情趣，同其他人一样锐意进取，不断祈求着能得到幸福等。从作为邻居的角度来看，暂且不说高次郎先生温厚质朴的态度，光从和歌之中体现出来的崇高精神就足以引起我的共鸣。

　　又过了一段时间，我对进一步了解这位近邻的日常生活充满了兴趣，于是更加如饥似渴地读起他的和歌集来。吟诵自己的妻子和孩子的和歌自不必说，春夏秋冬四季交替、职务、人事，甚至从囚犯身上追忆爱情之美等。随着阅读的深入，对我来说，这大约一百三十二首和歌，每一首都值得细细品读。虽说我们俩除了新年的寒暄以外没有更多的交流，但怎么说也是十几年的老邻居了。为这本和歌集作序的是教高次郎和歌创作

的老师，文中写道，加藤高次郎君自离开剑道进入和歌创作还不到十几年，在如此短的时间里就能创作出如此高雅的作品实在是让人惊叹。对我来说，高次郎先生所作的任何一首和歌不但是他日常的所思所想，还是他去世后，向我生动吟唱的挽歌，值得我屏息谛听。

剑心合一，共存一体。
与敌对峙，先辨明其气息。

这是在户山学校剑道大会优胜时紧张的剑客之歌。接下来还有这样的——

习惯了每天的日常，则苦修之心日渐寡淡。

这首歌恐怕是高次郎先生在不知不觉中习惯了和美都子夫人之间的恩爱日常，因怠惰而产生悔恨之情吧。虽说我不太清楚创作这样的和歌时作家的心情，但我也时常被同样的悔恨所折磨。

一边思索世人脆弱的生命，一边谨小慎微防患未然。

这大概是一直看管囚犯的他回到家中之后的感悟吧。这些感悟日积月累最后变成了一首和歌，而这样的和歌往往最能触动人们的心弦。

　　　　身体力行，以身作则，上行下效方能救赎囚犯的
　　心灵。

　　身为监狱长，他的怜悯、体谅在其他方面也都有所体现。以机遇为题的有——

　　　　慎言忘我，今天又没说违心的奉承话，自感问心
　　无愧。

　　在心绪不宁的日子里，也常常会习惯于吟诵悲叹之歌，其中之一便是——

　　　　不论是否是自身的原因，抑或是他人的过失，总
　　之内心都在不断骚动。

　　我回顾自身，也常常会有这样的日子。这几十年来，几乎

每个早晨都会碰上别人犯错，我都不知道自己是如何忍耐了这么多年的，对此不由得感慨万千。

　　　　对于上司的厚意，吾等定当粉身碎骨舍命相报。

　　一想到这首和歌是高次郎先生所作，就觉得绝非妄言。我最近更深切地感受到像高次郎先生这样一个心灵导师的死亡所带来的损失有多大。比起那些对抗上司，并且打着技术要以人为本旗号的新新人类，古人的思想才更值得我们好好去回味。我经常会有这样的感觉：与其说现在的青年内心之中充满阴暗是合理主义在作祟，倒不如说他们为人处世随心所欲其实非常的不合理，所以我的孩子才会驳斥我说："就是因为这个，你们的时代才会过时。"所以还是接着读下一首和歌吧。

　　　　看不出是移植过来的，今晨，池中的白色睡莲迎
　　风绽放。

　　加藤高次郎将这本和歌集命名为"水莲"。而高次郎的和歌老师将其改为"睡莲"，有"睡在水上"的寓意，还在下面写道：

加藤君曾经说过他从水莲上深切地感悟到了许多人生的道理。早年，工作单位（监狱）的院子里新建水池，他就将从所长那里分得的一株水莲种了进去。虽说这株水莲是移植而来的，却丝毫也看不出来。依然完美地适应了那里的环境，这或许就是水莲的天性吧，照样盛开着那可爱而又优雅的美丽花朵。加藤君被水莲那可爱的花朵深深吸引。如果换作是人的话，无论是多么伟大的人，只要搬到监狱来，态度心性都会有所改变。尽管是移植过来的，水莲却依然不管不顾地如期绽放。大自然是多么的伟大呀！如果可能的话，我也想像这株水莲那样，无论遇到什么事情都能做到心无旁骛，一如既往。这就是加藤君从水莲那里领悟到的心境。

　　虽然老师很了解自己的弟子，但高次郎先生肯定也在老师的眼中留下了水莲般的印象。这本遗作和歌集的最后两首，还遗留着他最后形成的成熟通透的风格。

　　黎明破晓，小夜鸟在空中展翅高飞，直往西去。

突遭当头一棒，猛醒之时吾身亦如梧桐之枯叶，
萧瑟寂寥。

高次郎先生的老师更是在这本和歌集的卷末加上了这么一
段——

　　某个夜晚，加藤君从监狱下班回家时突然来到
我这里，说是要将自己刊登在杂志上的和歌全部誊写
完，于是就这样端坐到了深夜，终于将和歌全部誊
完。之后，我们师生二人喝了点小酒，就此道别，谁
想到第二天就听到了加藤君病危的消息，病危次日他
就走了。虽说人生如朝露，但是走得那么突然就好像
自己也掉了魂似的。

这么一来，我认为高次郎先生多半就是在那个誊写完自己
和歌集的晚上，在回家的途中被电车撞倒了。我觉得高次郎先
生的死已不光是他们家的不幸，他的死仿佛点燃了我的身体，
给我带来了一种全新的冲击。无论是谁都有直面即将到来人生
终点的一天，而作为一种直面人生的态度，高次郎先生端坐着
握笔誊写完自己作品的身姿，看起来就好似所有文人临终时所
期盼的夙愿一样。猛然一想，我仿佛一直都被一把剑所庇护，

而现在我却只能缅怀这位剑客离去的身影。

　　终于，高次郎先生去的周年忌日即将到来。前几天妻子对我说，她看到咬死我家兔子的那只加藤家的花猫了，那时的它正在用那老迈寒碜的脏爪子到处觅食。如果可能的话，我也很想再见一次那只猫。

无常之风

小时候，母亲对我说："当无常之风吹来之时，人就会死去。"然后，每次刮风的时候，我都在害怕，生怕这阵风就是无常之风。我家很久都没有举行过葬礼了。然而，最近无常之风开始光顾我家。先是父亲被风吹死了。接着，母亲也跟着去了。我到了识字的时候，就觉得所谓"无常"之风就是"无情"之风。然而，当知道"无情"与"无常"区别的时候，也开始明白"无常"是梵语中"轮回"的意思。如果只是这样的话，那时我就得出了这样一个结论——那不过是佛教的迷信传说而已。那段太平时期持续了整整十年。就在我已不再害怕无常之风，也不管是否是梵语传说的时候。突然，父亲就走了。接着，我带着母亲住到了郊外。母亲隔着篱笆和新邻居家的主妇结下了友情。一有空她就把手贴在额头上，从树缝之间望着故乡的方向。某一天，母亲"啊"的一声随着父亲也去了。仅仅过了一个月，邻居家的主妇也不站到篱笆旁了。接着，她的家人过来，对我说道："今天早上，妈妈也'啊'了一声，扔下锅突然就去了。"我的母亲和邻居家的母亲居然走得一模一样。然后，我又开始在意起无常之风了。无常之风确实是有。我觉得人被无常之风吹到的话，或许血管会破裂。我自初中时期开始就对地理很感兴趣。每次旅行的时候我都会注意那个地方的岩石质量。即使行走在河滩上，河道支流扩张的情况也会随着沙砾的变化而变化，这真是非常有趣。但是现在却被地质隆起的变化所吸引。气流理所当然会随着地质的隆起而产生差异。这个气流与生活之间有着相当紧密的联系，我觉得特别是与人的命运之间有着非常明显的联系。人的意志因气流而扭曲。人的意志通常是走直线的，此乃人的天性，但是会受到气流的影响而中途改变方向。我不认为这个理论是我个人的臆断。据说在美国的某个地方，一刮起东风，杀人犯就会激增。菲利①的犯罪学中就列举了杀人者杀人时，随着气流和温度的不同，突然间就变成了杀人狂，即便杀完人之后也不可能逃亡的实例。我家也因为窗户的原因，房内的空气会产生一定的通路，在偏离通路的地方下围棋，卡棋会卡很长一段时间，棋局也不能继续下去，很快就会累，脑子也不太灵光。但在通路的地方下棋，就会失去客观性，只会一边下棋一边吵架，取而代之的是

---

① 恩里科·菲利（1856—1929），意大利实证派犯罪学家，师从犯罪学鼻祖龙勃罗梭，更为关注犯罪的社会原因，是刑事人类学派的代表人之一。——译者注

脑子非常活跃，似乎能永远运转下去。风水学上写着家宅的东南部有桃树的话会刮淫风，但淫风是感觉不到的风。风不起则性欲不旺。我们先把淫风之说撇去一旁，就单说从日本地貌上来看，这无常之风是从何而起的呢？从这儿开始，我就不得不妄加揣测了。总而言之，就是干燥的风。干燥的风由于氮气含量的不同，灵魂很容易被吹散。在饱含盐分的风中，看起来人并不会那么容易被吹死。况且干燥的风与太阳的日冕有着莫大的联系。日冕又与太阳黑子紧密关联。我一直认为施行社会主义的地区也会因这种风的密度而产生很大的不同。社会主义与产生此风的地貌密切相关。一想到地貌运动所产生的作用，特别是准平原地区的地质活动所产生的作用，我就不得不成为社会主义运动的支持者。无论是从十月革命的现状来看，还是从意大利共和国以及日本、英国、东德的社会现象，其产生的作用与地质学的造山运动几乎没有区别。我只是一个写小说的男人，当人物随着小说剧情的发展，拥有各自不同命运的时候，总是会在意这阵风与光线。事实上，这阵风与光线必然会对人的意志和感情的产生与发展产生重大的影响。试想一下这风和光线与埃及、亚述、秘鲁、印度、中国文化的发展之间的关联，任谁也不能对我这种乐在其中却又毫无根据的臆断嗤之以鼻。

图书在版编目（CIP）数据

春天乘着马车来 /（日）横光利一著；吴垠译.—
北京：现代出版社，2021.3
ISBN 978-7-5143-8966-1

Ⅰ.①春…　Ⅱ.①横…②吴…　Ⅲ.①短篇小说—小
说集—日本—现代　Ⅳ.①I313.45

中国版本图书馆CIP数据核字（2020）第268512号

春天乘着马车来

作　　者：〔日〕横光利一
译　　者：吴　垠
责任编辑：申　晶　曾雪梅
出版发行：现代出版社
通信地址：北京市安定门外安华里504号
邮政编码：100011
电　　话：010-64267325　64245264（传真）
网　　址：www.1980xd.com
电子邮箱：xiandai@vip.sina.com
印　　刷：三河市宏盛印务有限公司

开　　本：880mm×1230mm　1/32　　印　　张：7.75
版　　次：2021年3月第1版　　印　　次：2021年3月第1次印刷
字　　数：140千字
书　　号：ISBN 978-7-5143-8966-1
定　　价：49.80元

终于等到春天了。

——横光利一

时间宝贵，我们只读好书。

诚邀关注"只读文化工作室"微信公众号

春天乘着马车来

［日］横光利一 ┃ 著　　只读文化工作室 ┃ 出品

横光利一・春天乘着马车来

よこみつ りいち　春は馬車に乗って

只读

时间宝贵，我们只读好书。

—和风译丛—

001 太宰治《人间失格》（平装）

002 太宰治《惜别》（平装）

003 织田作之助《夫妇善哉》（平装）

004 宫泽贤治《银河铁道之夜》（平装）

005 坂口安吾《都会中的孤岛》（平装）

006 上村松园《青眉抄》

007 太宰治《关于爱与美》

008 谷崎润一郎《黑白》

009 梶井基次郎《柠檬》

010 幸田露伴《五重塔》

011 宫泽贤治《银河铁道之夜》（精装）

012 太宰治《人间失格》（精装）

013 太宰治《惜别》（精装）

014 芥川龙之介《罗生门》

015 泉镜花《汤岛之恋》

016 夏目漱石《我是猫》

017 樋口一叶《十三夜》

018 尾崎红叶《金色夜叉》

019 坂口安吾《都会中的孤岛》（精装）

020 樋口一叶《青梅竹马》

只读

时间宝贵，我们只读好书。

—即将推出—

谷崎润一郎《卍》

永井荷风《梅雨前后》

永井荷风《地狱之花》

堀辰雄《我思古人》

…………